ももこのよりぬき絵日記 ①

さくらももこ

集英社文庫

この作品は『ももこの21世紀日記 N'01 N'02』（二〇〇五年四月、二〇〇六年四月幻冬舎文庫刊）を一冊にまとめて改題したものです。

もくじ

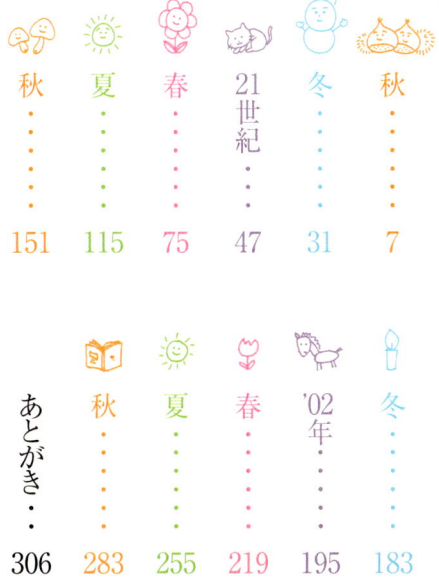

本文イラスト　さくらももこ
本文デザイン　藤川覚

ももこのよりぬき絵日記①

秋

今年《ことし》の夏は、6月に福島《ふくしま》に行ってそのあとまた8月にみんなで福島に行った。そして、川で泳いだりスイカを食べたりバーベキューをしたりして楽しかったが、すごく日に焼けた。こんなに日に焼けたのは20年ぶりぐらいだ。福島で日焼けするっていうのも、けっこうシブい感じだ。

2000.10.6

このまえ息子《むすこ》と熱海《あたみ》に行った。温泉に入りゲームコーナーでゲームをやり、『電車でGO!』もやり、御飯を食べてTVをみて寝《ね》た。わざわざ熱海まで来なくても、家でフロに入って『電車でGO!』をやって夕飯食べてTVみて寝ても同じじゃないかという気がしたが、息子は大喜びだったので、まあ良かったと思う。

ママも電車でGOやりなよ。好きでしょ、アレ
ママは家でやるからいいよ、別に
電車
2000. 10. 11

このまえ中国の広州《こうしゅう》に行った。いろんな食材《しょくざい》や漢方薬《かんぽうやく》の材料があった。ヘビやカエルやサソリ、カメやトカゲもいたよ。一般家庭でも、そういうのを料理して食べるみたいなので、中国の主婦ってすごいよなーと思う。

ちなみに私は、大きなミミズが大量に入っているバケツを見ただけで、ひっくり返りそうになりました。ミミズは、油いためにしたりして食べるそうです。

ひっ……ミ、ミミズがこんなに……
イモ虫もいるっ……
いも虫
ウヨ
ウヨ
ウヨ
モゾ
モゾ
カメ
2000.10.16

毎日ドラクエをやっている。

今のところ、攻略本《こうりゃくぼん》をみたり人にきいたりしないでやっているけど、途中でわかんなくなると夜中でも友人に電話しようかと思うことがたびたびある。今回のドラクエはむずかしいしやることがいっぱいあるね。現実の世界でも、やることがいっぱいあるのに、ドラクエの世界のことにこんなに時間をかけるのも、ちょっとどうかと思いつつ、当分寝不足だろうな。

あー…コレ わかんないや。さいとうさんに 電話してみよう かなァ…
…あ ダメだ もう4時半じゃん。あきらめよう。
2000.10.24

息子が今、けん玉にこっている。「オレのやるところを見ててくれ」と一日に何回も見せられ、しかも成功するまで見ていないといけないので大変だ。ちなみに息子のけん玉の成功率《せいこうりつ》は約３割。10回中７回は失敗するわけなので、成功するところを見るまでに時間がかかるのだが、一応仕方なく見ている。あまりにも失敗が続き、見物時間がかかりすぎる時は「ハイ、もっとうまくなってから、また見せてね」と言って中止させるが、そういう時は「ちきしょう」と叫《さけ》んで息子は荒れる。

失敗しないようになったらみせて
そんなつめたいこと言うなよっいいか、今すぐもう一回やるぞ。
↑と言われてついついあと10回は見るはめに……
2000.10.28

このまえ、ドラクエをやり始めたが、途中でわからなくなった。わからなくなった原因がわかればまだどうにかなるのだが、どこがいけなかったのかさっぱりわからなくなり、全《まった》く話がすすまなくなった。どっかで石版《せきばん》を探し損《そこ》ねているのだと思うが、心あたりは一応全部あたったし、思いあたることはやるだけやったつもりだ。なので、これ以上やるのをやめた。私にはもう、あの世界に費《つい》やす時間は当分ない……。

あ〜…
もうダメ。わかんない…。おわろう。
ガックリ
ついやした時間はおよそ50時間余り。
2000.11.1

取材でホンコンに行ってきた。ホンコンでは今、豆腐《とうふ》のやわらかいやつに甘い汁《あましる》をかけて食べるようなデザートが流行《はや》っているらしく、それを注文したらミニバケツぐらいの大きさの容器にたっぷり豆腐が入ったのがテーブルに届いた。ちょっとビックリしたけど、みんなで手分けして2〜3杯ずつ茶わんに入れて食べたら全部無《な》くなった。けっこうおいしかったんだ、アレ。

ピータンが入ってるお粥と、ラーメンとチャーハンとエッグタルトとタピオカとアンニン豆腐も食べたいねっ
同意する仲間たちの声
↓
うんうん
メニュー
2000.11.13

私は息子にちょくちょく「大好きだよ」と言ってかわいがっているのだが、先日、いつものように「大好き」と言ったら息子は急に深刻《しんこく》なカオになり「……わるいけど、おかあさんとは結婚できないからさ」と言った。一応私も「そりゃ、わかってるよ」という返事をしたら息子は「ならいいけど」と言ってホッとしたようだった。

2000. 11. 20

旅先でもジュースが飲みたいと思い、小型の携帯用《けいたい》っぽいミキサーを買ってみた。早速《さっそく》旅行に持ってゆき、使ってみたら馬力《ばりき》が弱くて、全然ダメな状態のジュースができた。とりあえず飲んでみたがやっぱりマズかった。たぶん、もう使うこともないだろうと思い、荷物を減らすために旅先のホテルに置いてきた。よく考えてみれば、プラスチック製で乾電池で動くミキサーだったので、あれじゃ子供のオモチャだよなァ……と、今になって思う。

まずっ……
やっぱダメだね コレじゃ……
2000.11.24

このまえ仕事でニューアークに行った。アメリカのニューアークは、ニューヨークに近い。だからほとんどニューヨークと同じぐらい遠い。飛行機に、13時間から14時間も乗らなくてはならない。私は飛行機が本当に嫌いだ。タバコも吸えないし何もすることがないし疲れる。トイレに入ってもやるせない気持ちになり、オナラばっかりよく出る。仕方ないので無理やり眠《ねむ》っていたのだが、急にアイスクリームが食べたくなり、客室乗務員のお姉さんに「アイスクリーム下さい」と頼んだら、「もう溶けちゃいました」と言って、ドロドロのアイスクリームを渡された。

……こんなことならおとなしく眠ってりゃよかったと思ったよ。

2000.11.29

さくらももこ新聞

その①

絵と文　さくらももこ

こんにちは、さくらももこです。
今日から5回、私の新聞を
書かせて頂く事になりました。
どうぞよろしくお願いします。

お便りのコーナー

さくらさん、『ひとりずもう』を
楽しく拝見しました。さくらさんは
漫画家になっていなかったら、一体何に
なっていたと思いますか？

ダジャレのコーナー

粉屋《こなや》の納屋《なや》で
悩んでいたら
花屋《はなや》のダンナが
しなやかなダンスを
踊っているのが見えた。

味わいどころ
花屋のダンナのしなやかな
ダンスを目撃した時の気持ち。

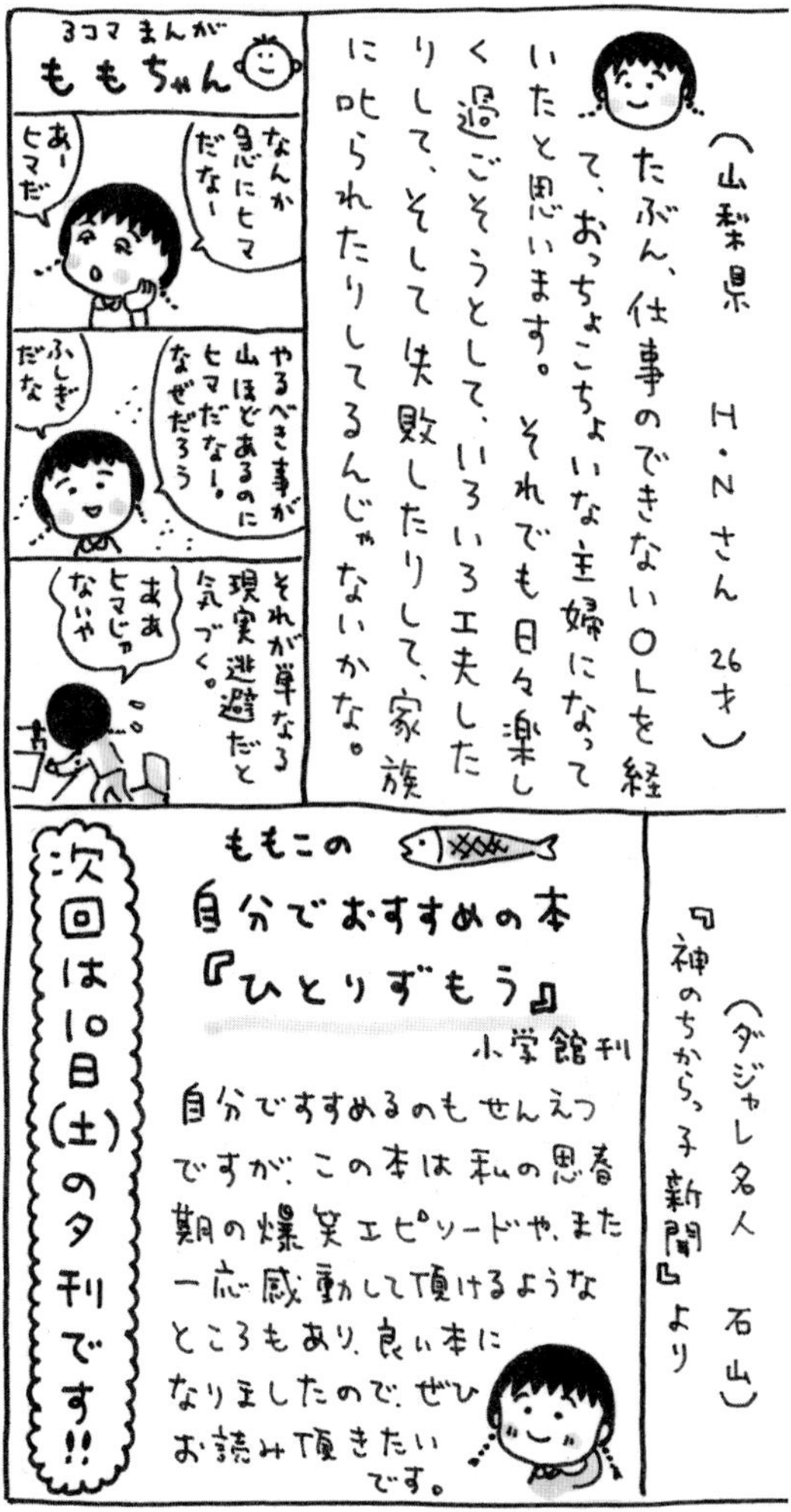

●これは2005年9月14日～26日、東京・銀座の松屋にて開催された「さくらももこワールド　20年の軌跡展」の告知のために読売新聞に掲載された作品です。

冬

私が行ったニューアーク
はニューヨークに名前がに
ているうえにニューヨーク
に近いというややこしい所
だったため、うちの親は、
私が行って帰ってきてもま
だ、ニューヨークに行って
来たのだと思い込んでいた。
私としても、ヨークでもア
ークでもどっちでもいいと
思ったので、親にはニュー
ヨークに行って来たのだと
そのまま言い通した。

やっぱニューヨークは寒かっただろて、
うんすごく寒かったよ
もう別に訂正しない。
2000.12.5

長嶋監督《ながしまかんとく》とビートたけしさんの対談を、見学させてもらった。ほとんど野球の話ばっかりだったけど、すごく面白《おもしろ》かった。私は対談のあとで、監督とたけしさんと一緒《いっしょ》に記念写真を撮《と》ってもらい、監督のサインボールももらった。たけしさんも、監督のサインボールをもらってたよ。

へー
ミスターと
たけしと
ももこの
写真て
めずらしいね。
共通点は
笑い？
私と
たけしさんは
いいけど
ミスターまで
笑いでまとめるのは…
友人
2000.12.12

息子に、すごろくを作ってあげた。そしたら「一緒にやろう」と毎日言われ、一応つきあってやっているが、あんまり楽しいとは思わない。こんなことなら、もっと楽しいすごろくを作れば良かったと思う。そのうえ、必ず私が負けるのでますます面白くない。

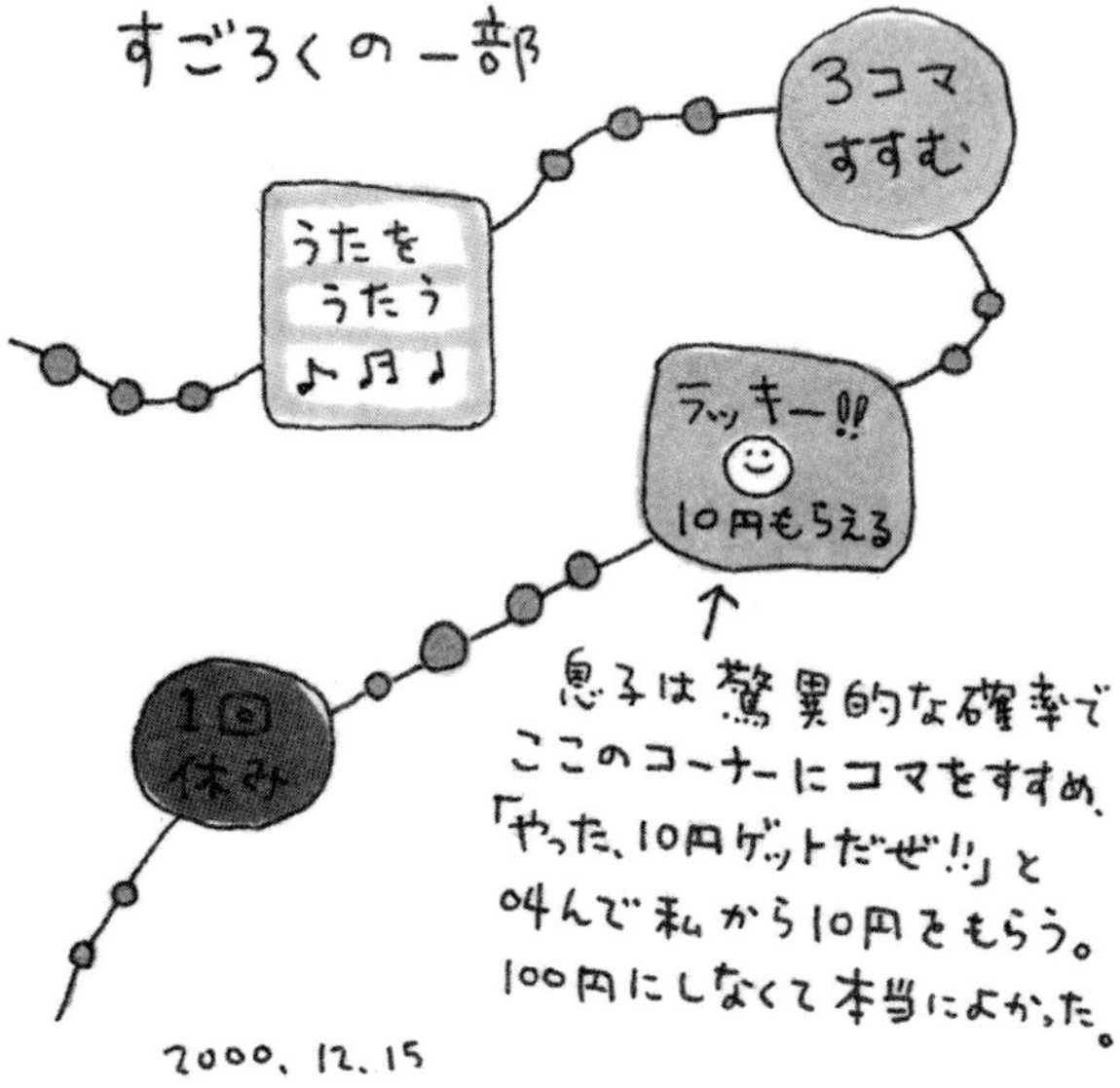
すごろくの一部
3コマ
すすむ
うたを
うたう
♪♬♩
ラッキー!!
10円もらえる
1回
休み
息子は驚異的な確率で
ここのコーナーにコマをすすめ、
「やった、10円ゲットだぜ!!」と
叫んで私から10円をもらう。
100円にしなくて本当によかった。
2000.12.15

息子がカゼをひいて高い熱を出した。そのカゼが私にうつり、私も熱が出たが、36度8分だった。36度8分というと一見平熱のように思えるが、私は平熱が35度台なので36度8分もあると少し熱っぽいといえるのだ。それで一応カゼ薬を飲み、早く寝たら一晩で治《なお》った。しかし、息子のカゼは長びき、母までカゼをひいたため、私がカゼをひいたという事実は家族の誰《だれ》からも注目《ちゅうもく》も同情《どうじょう》もされず、土・日だったために友人や仕事仲間から心配されるということもなかった。

まだ熱が少しあるね。かわいそうかわいそう
私もカゼひいたんだけどなー…
2000.12.18

去年買ったマフラーがなくなった。私は、わりと毎年マフラーを1本ずつ買っていたのだが、珍《めずら》しく今年は買わずに去年買ったやつで済まそうとしていたのに、そういう時に限ってなくなっている。また今年も新しいのを買おうか……とも思うのだが、買ったとたんに去年買ったやつが見つかったりしそうで、買うのを思いとどまっている。だからって、おととし買ったやつじゃする気がしないし、このままでいくと首が寒いまま21世紀を迎えることになりそうだ。それも情《なさ》けないなァとは思うんだけどね……。

マフラー無いと寒くて気持ちもすさむなァ…
やっぱ買おうかなァ…
ビュー
2000.12.25

なくなったマフラーがでてきた。新しいのを買おうかと思っていた矢先《やさき》だったので、ギリギリでまにあって発見できて本当によかった。今まで寒かった首が、あたたかくなったよ。つくづくマフラーのありがたみを感じたね。首が寒くないことって、人間の活動にとって重要だよねぇ。

ああ マフラーって すばらしい!!
人類は すばらしい物を 発明したねっ!!
2000.12.28

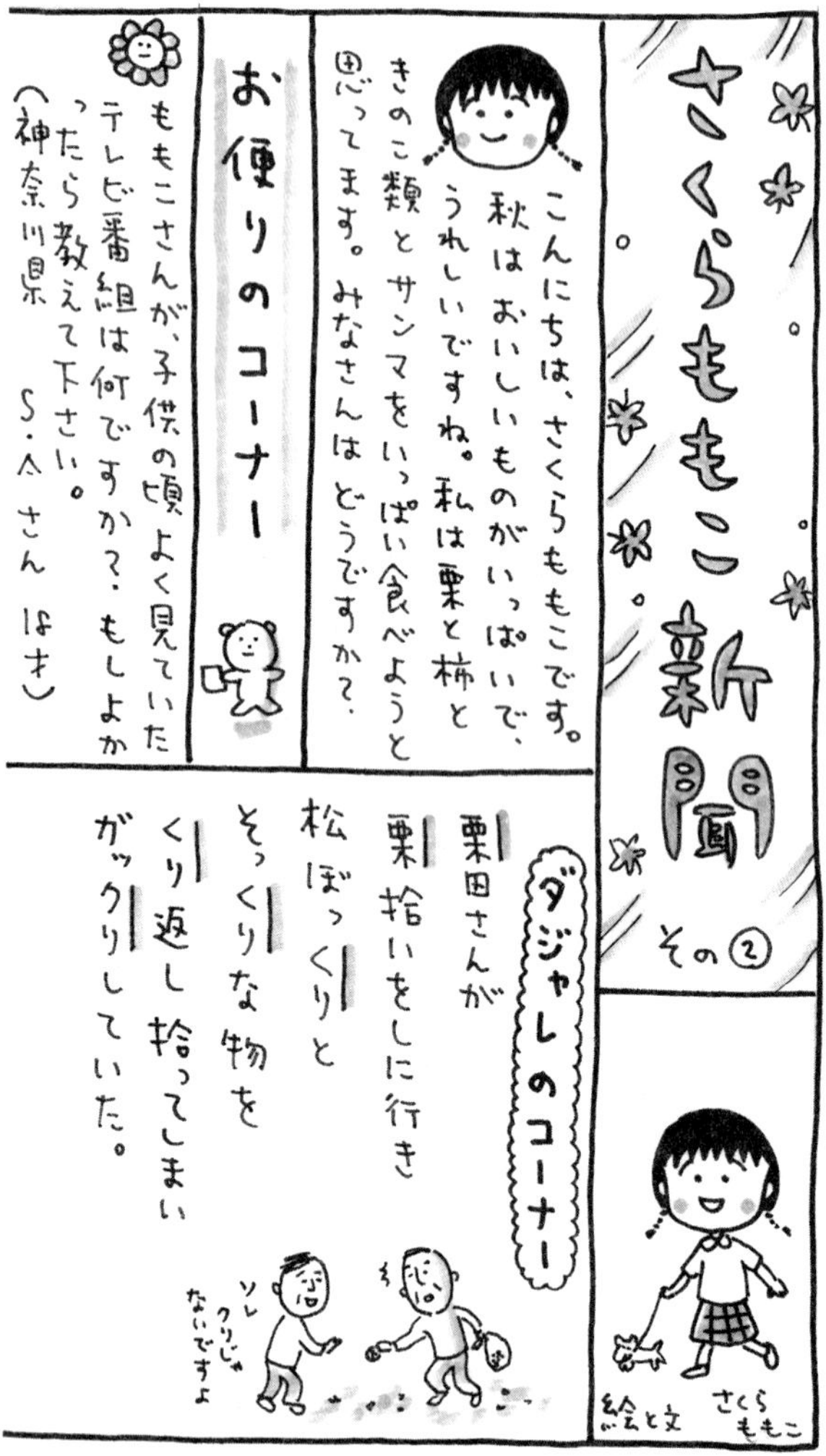

さくらももこ新聞
その②
絵と文　さくらももこ
こんにちは、さくらももこです。秋はおいしいものがいっぱいで、うれしいですね。私は栗と柿ときのこ類とサンマをいっぱい食べようと思ってます。みなさんはどうですか？
お便りのコーナー
ももこさんが、子供の頃よく見ていたテレビ番組は何ですか？もしよかったら教えて下さい。
（神奈川県　S・Aさん　18才）
ダジャレのコーナー
栗田さんが
栗拾いをしに行き
松ぼっくりと
そっくりな物を
くり返し拾ってしまい
ガックリしていた。
ソレ
クリじゃ
ないですよ

●これは2005年9月14日～26日、東京・銀座の松屋にて開催された「さくらももこワールド　20年の軌跡展」の告知のために読売新聞に掲載された作品です。

私は『8時だヨ！全員集合』とか『欽ちゃんのドンとやってみよう』など、ドリフと欽ちゃんにはずいぶんお世話になりました。アニメも大好きで、『天才バカボン』とか『おばけのQ太郎』などを見て大笑いしてました。『パンチDEデート』などの大人の恋のゆくえも、子供のくせに注目してました。クイズ番組もいっぱい見てました。

3コマまんが
ももちゃん

仕事中、夜中の3時ころ…
あ～
うめぼしのおむすびがたべたいな…
よしっ作ろう!!
おなかペこペこだよ
あっごはんがないっ
こういう日はもうねることにします…。

味わいどころ

栗とまちがえて、松ぼっくりと似た物を何回も拾ってしまった栗田さんの行動。

（ダジャレ名人 石山）

『神のちからっ子新聞』小学館刊 より

自分でおすすめの本

『神のちからっ子新聞』①

小学館刊

この本は、週刊ビッグコミックスピリッツという雑誌で、私が連載しているおもしろ新聞の単行本です。右のダジャレのコーナーみたいな作品がいっぱい載ってます。マンガのページもあります。
変わってる本ですがおもしろいよ!!

次回は12日(月)の夕刊です

21世紀

あけまして、おめでとうございます。とうとう21世紀になりましたね。21世紀になったからといって、そのとたんに人生がバラ色になるような人は年末ジャンボ宝くじが当たった人などの特殊《とくしゅ》なケースしか考えられませんが、でも、この新世紀がとても明るく良い時代になりますようにと私は元旦《がんたん》から祈《いの》ってます。とりあえず、この冬のインフルエンザが流行らないことも祈ってます。そして、みなさんにも楽しいことがいっぱいありますようにということも強く祈ってますよ!!

私は今年も、面白いことを地道《じみち》に考えたり書いたり、たまに取材に出かけたりというあいかわらずの生活を送る予定ですが、みなさん、どうぞよろしくお願いします。モチを食べすぎたり酒を飲みすぎたり、やたら眠りすぎたりという、無意味な正月を送らないように気をつけて下さいね。

あけましておめでとう
ございます。

2001.1.1

今年の正月は、無事に家族みんなで手巻きずしを食べた。あとはゲームをしたり、仕事をしたりしていつもと同じに過ごした。年末年始に体重が増えるとイヤだと思い、気をつけて過ごしていたため、ぜんぜん増えずに済んだ。一方、母は気をつけていなかったせいで、太ったようだ。ヒロシも。やはり、気をつけて生きるということは、たとえ正月でも大切なのだ。みなさんも、食べすぎ飲みすぎはもちろん、カゼの季節にいよいよ突入しますから、充分気をつけて下さい。どうやって気をつけりゃいいかといえば、まめに手を洗い、うがいをし、さっさと寝るんですよ。

よーし
体重変化
なしっ
変化
大ありの母
2001. 1. 9

毎日フロに入ってセッケンでごしごし体を洗うと、体の脂《あぶら》が流されすぎてヒフに良くないというような情報を、ヒロシがTVかラジオできいたらしく、「オレはよぅ、フロに入った時、いつも体をろくに洗ってねぇから、今までそうしてきたことがまちがってなかったぞ」と言って得意になっていた。時代がとうとうオレに追いついたと言わんばかりだ。フロに入ってもろくに体を洗わないのが正しいなんて、そんな時代にならなら取り残されてもいいとあたしゃ思うけど。

オレはよォ知らず知らずのうちに
体にいいことばっかりやってんだよな
2001.1.15

『りぼん』の後輩の漫画家《まんが》の小花美穂《おばなみほ》さんがうちに遊びにきた。小花さんは10年ぐらい前、私のアシスタントをしてくれていたのだ。

美人で性格も腕《うで》も良く、素直な人で、彼女がアシスタントに来てくれていた2年間、とても楽しくいい仕事ができた。

小花さんが『りぼん』の売れっ子になり、立派な漫画家になったことをうれしく思っていた。うちに手伝《てつだ》いに来てもらえなくなったことは寂《さび》しかったが、それよりも彼女の作品がみんなに喜んでもらえていることが何よりだと思っていた。

そんな小花さんと、8年ぶりの再会だったので、待ち合わせ場所で会った時にはお互いに手をとり合ってちょっと泣いてしまった。その日は、明け方までいっぱいいろんな話をしたよ。

さくら先生っ
お元気そうで…よかった…心配してたんですよオ…
小花さんっ
2001.1.18

よくまちがえる人として有名な和田さんがワダダスの新刊本を送ってきてくれた。和田さんのサイン入りだった。うれしい。ワダダスの中には、あいかわらずの和田さんのまちがえぶりがいっぱい書かれており、大笑いだ。これからもずっと、和田さんにまちがいをし続けて欲しいと思った。

そして、この本を編集して作っている上條《かみじょう》さんの苦労と努力は、何の苦労もせずにネタを提供している和田さんよりずっと尊《とうと》いことだということも改めて考えずにはいられなかった。上條さんは、和田さんの同僚《どうりょう》で、いつも和田さんのまちがいを地道に記録しているのだ。和田さんも上條さんも、どっちもガンバレ!!

おっ 和田さんのサイン入りだ!!
ルンルン♪
かなりうれしい。
2001.1.23

非常に良く効《き》くという薬湯《やくとう》の素《もと》を試供品でもらったので、さっそく入れて風呂《ふろ》に入った。湯はにごった黄色になり、ものすごく薬草の匂《にお》いがし、体中が少しピリピリして、目や鼻までジンジンしみた。なんか知らないけど、良く効いたかんじだ。体がすごくあたたまった。別に体調がどこも悪くなかったのに、ただ何となくコレを使ってしまってもったいなかったな……と思った。

しみるねぇ
ヒリヒリ
するよ
2001.1.29

ミルコと『爆笑の会の徒労《とろう》』というテーマで、いろんな徒労をすることになった。それで今度、たった一泊でホンコンに行く。わざわざホンコンまで行っても、活動できる時間が非常に短いため、行く前から「一体何をしに行くんだろう……」という徒労感が早くもただよっているという状況《じょうきょう》だ。

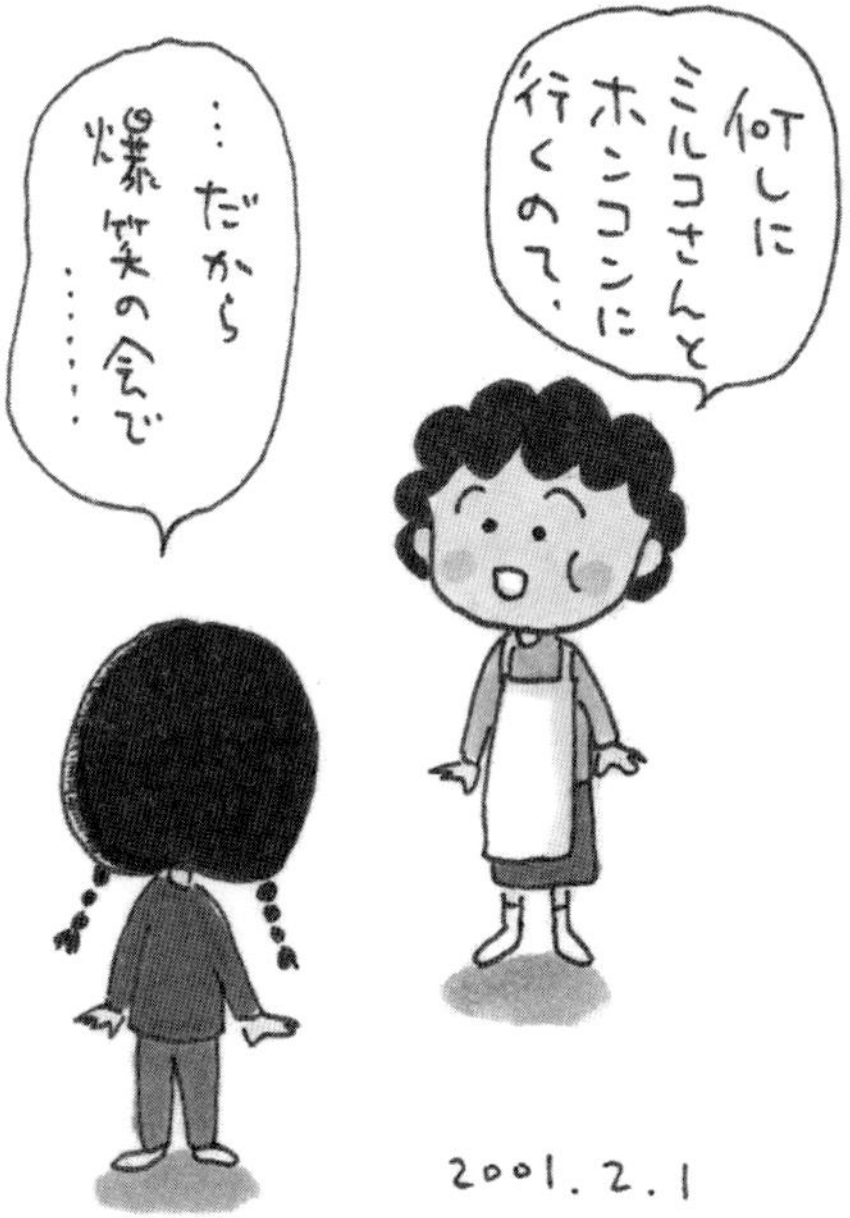
何しにミルコさんとホンコンに行くの？
…だから爆笑の会で……

うまく説明できない。

2001.2.1

息子の保育園で、劇の発表会があるというのでみんなで見に行った。息子はどんな役だろうと思っていたら〝午後3時〟の役だった。人間でも動物でもなく、太陽や風などの自然現象《しぜんげんしょう》でもない〝午後3時〟という役は、彼にとって珍しい思い出になるだろう。そして私も、息子が〝午後3時〟という役をやったことを、けっこう爆笑な思い出として大切にしたいと思った。

3時役の息子
みなさん3時ですー
アハハ。
アハハ。
2001.2.5

このまえ、非常に効く感じがしたという、薬湯入浴剤のことを書いたが、あの時はたまたま見本で1パックもらっただけだったのでもっと欲しくなり、とうとう注文してまとめて買った。それで毎日薬湯に入れることになった。その薬湯に更《さら》にオリーブオイルも少量入れて自己流に工夫《くふう》して入浴している。薬湯の色は、なんか変な茶色だし、オリーブオイルのせいでぬるぬるするし、家の中が薬草の匂いになるし、こんなことしないほうがいいんじゃないかという気もするが、こういうことをひとつひとつ試しながら健康の研究はしてゆくものなのだ。毎日が実験だ。どうかと思うような時も、効果の有無《うむ》を確認できるまで（だいたい3カ月間ぐらい）は途中でやめられない。というわけで、少なくともあと3カ月間はこのような風呂に私は入り続ける。

…なんかヌルヌルする…
ちょっとキモチ悪いけどこれも健康の研究だから…
2001.2.9

斎藤さんと、真剣《しんけん》な話をしていて、とりあえずその話が終了した直後、私はうっかりオナラをしてしまった。しかもけっこう大きな音でだ。そのため、それまでしていた真剣な話の内容は、もうどうでもいいやということになった。真剣に思えた話も、所詮《しょせん》オナラ一発でどうでもよくなる程度の話だったのだ。

気にしないで
アッハッハ
あんなに笑ってる…
さいとうさん
2001.2.19

私は、わりとミカンを食べるほうだ。ジュースにして飲むこともよくあるし、夏でもハウスミカンを買ってきて食べている。ポンカンや、アンコールという名前のミカンも好きでちょくちょく食べている。今まで、ミカンのことをそれほど考えてなかったが、もしかしたら大好物の中に入るかもしれない。色も形も大きさもカワイイし、むいたらすぐ食べられるし、ビタミンもきっといっぱいあるだろうし、静岡県の名物のひとつだし、私は今後ミカンのことをもっと真剣に考えることにするよ。

ビタミンも豊富だしおいしいし
かんたんにむけるし、いいよなァみかんって。
2001. 2.22

母が、肩こりで頭が痛いと言うので、1カ月ぐらい前から週に二回、私は母にオイルマッサージをしてあげることにした。使用するオイルはオリーブオイルで、近所のスーパーで買ってきたやつだ。それを母の肩や首や背中にくっつけて、ていねいにコリをほぐしてゆく。自分で言うのもアレだけど、私ってこういうの、ホントにうまいよなーと思う。母も「ももこは本当にうまいね。このことだけは、あたしゃ感心《かんしん》するよ」と言っている。めったに感心されない私が、こんなに感心されているのに、どのくらいうまいのか自分で自分をマッサージできないのが残念だ。ちなみにヒロシはマッサージがものすごく下手《へた》で、一回も感心されたことがないばかりか、「やってもらわないほうがまだまし」とまで言われている。

オレはマッサージみてぇなもんはうまくねぇな。
ももこがやってやれ。

下手といわれて好都合なヒロシ。

2001.2.26

さくらももこ新聞

その③

こんにちは。夕焼けがキレイな季節になってきましたね。夕焼けの時刻になると、いつも窓の外ばかり眺めてしまいます。ピンクのオレンジと混ざったような空の色を見ると、うっとり幸せです。

お便りのコーナー

ももこさんが今までに行った外国で特に良かった所はどこですか？
僕はエジプトに行ってみたいです。

ダジャレのコーナー

大枚《たいまい》 果たいて買った
マイカーのローンで
きりきり舞いの
毎日だけど
後悔はするまい。

（『神のちからっ子新聞』より　ダジャレ名人　石山）

絵と文
さくら　ももこ

（埼玉県 O・Iくん）

イタリアのベニスが、私は大好きです。街に車も自転車も走ってなくて、舟で移動するのもステキだし、どこもかしこもロマンティックな感じです。バリ島のしみじみとした趣のある感じもすごく好きです。中国の雲南省も、なつかしい風景で人々もやさしくていい所だなァと思いました。スペインのトレドもすばらしい景色でした。基本的には、食べ物がおいしい国が好きです。

3コマまんが
ももちゃん
さくらさんズバリあなたは
いいかげんでしょう!!

なんでこんなこと丸尾君に言われなきゃなんないんだと思う。

ハー
でもしょうがないから描く。

……

あさって14日から松屋銀座でももこの個展をやります!!

私の描いた原稿がいっぱい展示してあります。いっしょうけんめい描いてきたカラー作品や、脚本の原稿などをぜひぜひ見に来て下さいね!!

わしもまってるよ!!

まる子もまってるよ!!

次回は13日(火)の夕刊でーす!!

●これは2005年9月14日～26日、東京・銀座の松屋にて開催された「さくらももこワールド　20年の軌跡展」の告知のために読売新聞に掲載された作品です。

春

今年はぜんぜんカゼをひかないと思っていたら、急にひいた。のどがすごく痛くなり、熱も37度2分でた。「これは日頃《ひごろ》の健康研究のいろいろな実験をしてみるのにちょうどいい機会だ!!」と私はちょっと喜び、ありとあらゆる手段を試してみた。薬湯、オイル、ビタミン、ミネラル類、温泉水の飲用など、とてもカゼをひいているとは思えない活発な活動をした。その結果、カゼの症状が快方に向かうのはカゼ薬を飲んだあと、何もしないですぐに寝るのが一番だということがわかった。カゼをひいている時は活発な活動をせず、ゆっくり休めば良いということがわかっただけでも、いろいろやったかいがあったよ。

やっぱ寝ないとね……
2001.3.1

うちの息子は、いっこく堂さんの娘のゆめみちゃんが大好きで、いつも「オレはゆめみちゃんと結婚するんだ」と言っていた。

で、先日いっこく堂さんが奥様とゆめみちゃんの三人でうちに遊びにきてくれて、息子は大喜びし、ゆめみちゃんとずっと遊んでいたのだが、ゆめみちゃんが「わたしは結婚は、ちがう人とする」と言い出し、息子はフラれてしまった。そしたら息子は「……いいもん。それならオレ、もう親孝《おやこう》行《こう》でもするから……」と言ってわんわん泣いた。気の毒だが、せいぜい親孝行しとくれよ。

泣く息子。かわいかった。

2001. 3. 7

今、部屋を片づけているのだが、なんでこんなに物が増えているのか自分でもあまり説明がつかないかんじだ。いらない物は捨てようと思ったのだが、捨てる物はあまりなかった。わりと必要な物ばかりだったりする。仕方ないので箱の中にいろいろしまっておくことにしたが、ちょくちょく使う物だと箱の中にしまっとくのもまた面倒《めんどう》だ。収納に関しては、もっともっと工夫を考えなくてはならない。面倒だしイヤだけど、散らかっているのはもっとイヤだから、しょうがないけどやるよ。

いらないように見えてもいるんだよなァ…
かたづかないね…
2001. 3. 13

最近うちでは、発芽玄米《はつがげんまい》を白米《はくまい》に混《ま》ぜて御飯をたいて食べている。もちろん、私がすすめたのだ。白米に発芽玄米を3分の1ぐらい混ぜてたくことにより、ビタミンやミネラルなどが断然《だんぜん》増えて栄養バランスが良くなるのだ。だから「そうしなよ」と私が言ったのだが、最初母は「やだね。玄米なんて戦争中に食べてたんだから、今さら食べたくないよ」とこれを拒否《きょひ》した。しかし、私は「私がすすめているのは単なる玄米じゃなくて発芽玄米だよ。これは白米に混ぜてたくだけでやたらと

コレけっこうおいしいねえ
オレはふつうの白飯のほうがいいけどな……
2001. 3. 15

栄養が良くなるしおいしいんだからガタガタ言わずにやってみてよ」とがんばり、一方的に注文して届けられた発芽玄米を母にわたした。それで母はしぶしぶ発芽玄米を入れて御飯をたくことにしたのだが、これがホントに意外とおいしかったため母もちょっと喜び「もっと注文しといて」とまで言い出した。

このように、私自身は健康に積極的に取り組んでいるが、家族に健康のことを考えさせるのは本当に大変なことだ。みんなにプロポリスを飲ませたり、温泉水を飲ませたり、風呂の中に勝手に薬草を入れたり、だましだましいろいろやらせてはいるが、ヒロシなんかは私が世話をやかなかったら何ひとつ健康のことを考えやしないで生きているだろう。正直言って、「めんどくせぇんだよ、おまえらそれぞれしっかりしろっ」と怒りたくなる時もあるが、家族にしてみりゃ「おまえこそ、めんどくせぇことばっかり言うな。ケンコーケンコーってうるせぇんだよ」という気持ちをおさえて私につきあっているところもあるだろうね。

『non・no』の『宝石物語』の取材で、一週間ばかりインドに行ってきた。たった一週間なのに毎日いろんなことがあり、密度の濃《こ》い旅行だったといえる。珍しい体験もあったし楽しかったが、私は辛《から》い物が苦手なのでカレー他《ほか》、インド料理にはけっこう泣かされた。一緒に行ったうちのスタッフの井下さんと『non・no』の花輪さんも泣いていた。詳《くわ》しいレポートは、いずれ『non・no』誌上でお伝えしますのでお楽しみに。

ジャイプールのホテルはすばらしかったよ。
あぁキレイ天国みたい…
2001.3.26

息子の入学式に行った。一年生が入場してくる場面から、いきなり胸がいっぱいになり涙《なみだ》がでそうになった。卒業式で泣くならともかく、入学式で親が泣くとは思わず油断《ゆだん》してハンカチを持ってこなかったのでとりあえずグッとこらえた。が、終盤《しゅうばん》の『二年生が一年生におくる言葉』という場面で、子供達のあまりにも純粋でかわいらしい姿に感動し、とうとう涙がでてしまった。ふと見ると、他の親も涙をふいており、それを見たらつられてますます泣けた。息子の中学校の入学式の時こそ、ハンカチを忘れないで持っていこうと思った。

一年生の入場です!!
パチ
パチ
パチ
2001.4.9

近所の洋服屋でかわいい春物のコートを見かけたので、次の日さっそく買いに行ったらもう売り切れていた。がっかりした。あの春物のコートさえあれば、コートの下にどんなにいい加減な服を着ていても外出できるから便利だと思っていたのに、売り切れだときいてますますアレが欲しくてしょうがない。

ハー
トボ
トボ
2001. 4. 12

緊急《きんきゅう》お知らせです!! 私と山口ミルコのやっている〝爆笑の会〟は、次の仕事で全国をちょくちょく旅して回ることになりました。

そこで、iモードをみているみなさんの中で、自分ちの玄関の前とかに小さくでもいいですから『爆笑の会歓迎《かんげい》』と書いておいて下されば、もしも私達がそれを見つけた場合には「こんにちは!」と言ってあいさつをいたします。

そして、記念に爆笑の会のバッチ

と私のサイン入り複製原画をプレゼントしてすみやかに立ち去りますので、よろしくお願いします。ずっと待ってて下さってても来ない確率も非常に高いのですが、一応やりたい人はやってみて下さい。

また、私達のニセモノが来たりする場合もあるかもしれませんので、それには充分注意して下さいね。軽はずみに玄関を開けないようにして下さい。ニセモノとまちがえないために私達の特徴を言っときます。私達はふたりともけっこうスリムでどちらも身長159センチぐらい、そのうえとても礼儀正しく、私は自分自身の証明のために、ジャイアンツの長嶋監督と父ヒロシと三人で撮った写真を持っていますので、それを見たうえで玄関を開けて歓迎して下さいね。

4月は、まず山梨県《やまなしけん》大月市《おおつきし》あたりに行きます。いろんな県に行こうかと思ってますので、皆さんの町でおすすめの場所があったらどしどし教えて下さい。

2001. 4.16

このまえホンコンに行った時、ビーズバッグのかわいいのがとても安かったので、5個買ってきた。5個中、ひとつは友達にあげ、もうひとつは自分で使うことにし、あとの3個は母にあげた。すると母は非常に喜び「こんなにいいバッグがそんなに安いなんて信じられない。あんた、ホンコンに行ってよかったね。今度行く時はこういうの20個ぐらい買ってきなよ」と言った。その数日後、何を勘違《かんちが》いしたか母は、あのビーズバッグをペニンシュラホテルで私が買ってきたのだと思っていたらしく、隣に住んでいる奥さんに「娘がホンコンのペニンシュラホテルで、このバッグを買ってきたのでひとつどうぞ」と言ってあげたという話をきき、私はビックリした。

私がペニンシュラホテルで買ってきた物はXO醬《ジャン》だけだ。しかも、そのXO醬はあのビーズバッグより高かった。XO醬が高いとも言えるし、XO醬に負けるほど安いビーズバッグもどうかと思うが、それにしても、それほど安いビーズバッグをペニンシュラホテルで売っていると思っている母が一番どうかしている。

しかし、母からバッグをもらった隣の奥さんは、「大変な物をいただいてしまい、どうもすみません。うれしいわ」と言って大喜びしているというので、今さら「そのバッグはペニンシュラホテルで買ったのではなく、ペニンシュラホテルの近くの安物の店で買った安物です」とは非常に言いにくいかんじだ。

今さらペンションラホテルで買ったんじゃなかったですなんて言うのもねえ…
…うんカッコわるいけどやっぱ一応言ったらて。
2001.4.23

はまじから、突然うちの事務所に手紙がきた。内容は、『僕、はまじ』という本を自費出版したいので、私のイラストを使わせてほしいという依頼だった。それで私は、はまじに電話をかけてみた。はまじと喋《しゃべ》るのは20年ぶりだ。電話にでたはまじは非常に驚き、「おまえ本当にさくらももこかァ〜っ⁉」と30回以上言い、モーレツに興奮しながらベラベラと近況と昔話を語り始め、その会話は約80分にも及んだ。私は、はまじが元気でよかったと心の底から思った。はまじが、こうして実在《じつざい》すること自体、なんか不思議な気すらしたよ。

うそ〜〜っ
おまえホントに
さくらももこか?
…ホントだってば
2001.
5.1

今回は、ヒロシの失言《しつげん》を2点。まず1個めは、TVアニメの『こち亀《かめ》（こちら葛飾《かつしか》区《く》亀有《かめあり》公園前《こうえんまえ》派出所《はしゅつじょ》）』が始まろうとしていた時、息子にむかって「おい、デバ亀が始まるぞ」と大声で叫んだ。私が「ちがうよ」と言うと、ヒロシは「えっ、じゃあ何亀だっけ？」とき返してきた。何亀って、別に亀の種類じゃないんだけど、と思いながら正解を教えてやった。

そのヒロシが食事中の息子に「おい、しっかり御飯を食べないと、あの子に負けちゃうぞ。ホラ、同じクラスにいるだろ、あの子、なんてぇ名前だっけ、あの女」と言った。

えっ!?デバ亀じゃない?
じゃあ何亀?
ヒロシって一体…
2001. 5.7

このまえミルコと一緒に大月市に行き、けっこう歩いてみたのだが、〝爆笑の会〟を歓迎してくれている目印をはっている家は一軒《いっけん》も見つからなかった。ちょっとがっかりしたが、もともと見つかるわけないと思っていたので予感が当たったということだ。でも、大月市は山や川がありとても美しい町で、温泉も気持ちよかったし、楽しかったよ。次はどこの町に行こうかと、ただ今ミルコと考え中なので、また決まったら報告します。

一軒もないね…
うん…やっぱり一方的に歓迎してくれって言ってもムリだよね…
2001.5.14

息子が一年生になり、ひとりで学校に行くのが心配だったので、私と母が交替で毎日送り迎えに行っていた。それがある日、息子から「もうオレと一緒に学校に来る時についてきたり、帰る時に待ってたりするのはやめてくれ。オレはひとりで行きたいし帰りたい」とキッパリ言われた。親や婆《ばあ》さんがついてきているのはうちだけだったので、息子に言われて私も母もハッとし、ついてゆくのをやめることにした。そしたら息子はちょっと私に気を遣《つか》い、「……おばあちゃんは来なくていいけどおかあさんは時々なら来ていいよ」と言った。時々なら来ていいって言われても、私としても何て言っていいか。

もうついてくるなよっ
みっともないだろっ
ギクッ
2001.5.21

取材でタスマニアに行ってきた。タスマニアというのは、オーストラリアの右下のほうにある小さい島だ。私が「タスマニアに行く」と何回も言っているのに、親も友人もみんな「またスリランカに行くのか」とか「マダガスカルに行くのか」とか、一番まともな間違いでも「ニュージーランドに行くんだってね」などと、誰も正確に把握《はあく》していなかった。こうして帰ってきてもまだ、結局私がタスマニアに行ってきたと正確にわかっている知人は少ないような気がする。

おう、タンザニアはどうだった?
それってタスマニアのこと?
2001.5.24

息子が「ママさ、オレが赤ちゃんの時からオレの名前呼んでたんだろ」と言うので「そうだよ。赤ちゃんの頃から呼んでたよ」と言うと、「オレの名前をよく知ってたね」と言った。なので私は「生まれたばっかりの時はまだ名前がついてなかったんだよ」と言うと息子はビックリして「じゃあ、何て呼んでたの」ときくので「赤ちゃんって呼んでたんだよ」と答えると、「赤ちゃんだってー」と言ってゲラゲラ笑った。だって赤ちゃんだったんだから、そう呼ぶしかねぇじゃんかと私は思いながら爆笑する息子を見ていた。

プーッ
赤ちゃんだってェ
アッハッハ
だって…
2001.5.28

さくらももこ新聞 その④

こんにちは。私は毎日、豆乳に黒酢と果物酵素とハチミツを入れて飲んでいます。ヨーグルトみたいな味で意外とおいしいよ。健康にも、もちろん良いです。

お便りのコーナー

私は健康のために、スポーツジムに通い始めました。今まで体をあまり動かしていなかったので、筋肉痛が辛いです。ももこさんは、何かスポーツやってますか。

（東京都 T・Kさん）

ダジャレのコーナー

メカのメカニズムを
何のためかと考えすぎ
こめかみが痛み
もうだめかもと思ったが
夢《ゆめ》か幻か助かった。

（『神のちからっ子新聞』よりダジャレ名人 石山）

絵と文 さくらももこ

私は全然やっていません。なので、大そうじとか引っ越しなど、普段よりも体を使うとすぐに筋肉痛になります。本当は、少しでもスポーツをやった方がいいんだろうなァ…と思うのですが、スポーツの全てが苦手なので、やらないで過ごしています。特に苦手なのは球技です。学生の頃から一度もうまくできたためしがありません。
3コマまんが
ももちゃん
…かん…かんのむし……
あきカン……
カンカン娘の看板に
あきカンが……うーん
あーダメだ失敗…
ダジャレを考えると眠れません…
いよいよ明日からももこの個展が始まります!!
私の初期の作品の原稿から、現在までの20年間の作品が一挙に展示されておりますので、見応えタップリです。ぜひ、松屋銀座へ見に来て下さい!! あー、私もドキドキしてきたよ。いよいよ明日なんだねぇ。
次回は15日(木)の夕刊です。

●これは2005年9月14日〜26日、東京・銀座の松屋にて開催された「さくらももこワールド　20年の軌跡展」の告知のために読売新聞に掲載された作品です。

夏

ヒロシが呆然《ぼうぜん》とたたずんでいる姿が、リビングの片隅《かたすみ》に見えた。ふと見ると、母がプンプンに怒っている顔も見えた。「どうしたの」と私が尋《たず》ねると、母が「おとうさんが、時計の電池を入れかえようとして、時計をこわしたんだよ」と言ったので、ヒロシのほうをチラリと見てみると、本当に時計がこわれた状態でそこに置いてあった。母は「電池の交換をするっていうだけで、一体どうすりゃ時計がこわれるんだかわかりゃしないよ」と嘆《なげ》いた。そのこわれた時計は私が買ったちょいとイイやつだったので、私だって「ああ……」と嘆きたかったが、これ以上嘆く人が増えても呆然とするヒロシには何もできまいと思ってこらえた。何もできないヒロシは、そのこわれた時計をそのまま壁に掛け、「……一応、こうしておくぞ」と言ってイスに座《すわ》って野球を見始めた。なので、うちには今、使いものにならない時計が壁に掛かっているという、とんでもない状況だ。

私のかわりに怒る息子

2001. 6. 4

このまえ、息子の小学校の運動会だったので見に行った。毎年、息子の運動会にはうちのスタッフの本間さん夫婦が見に来てくれて、写真を撮ってくれたりビデオ撮影してくれたり、いろいろ世話をやいてくれるのだが、今年もまた、本間さん夫婦は来てくれた。

本間さんのダンナさんは私達のために携帯用のイスと大きなパラソルまで用意してくれて、運動場の片隅にそれを設置《せっち》した。それほど大がかりな手間をかけて運動会を見学している人達など他に誰もいなかったので、我々は完全にういた存在となった。

6月の陽射《ひざ》しは強く、気温30度を超《こ》え、私は息子の走る姿を見る気力も無く、ただパラソルの下で約

…ちょっと目立ってるよね…
はい…目立ってますね
本間さん
ワー
ワー
2001. 6. 12

7時間、じっとしながら汗がダラダラ出るのを感じつつ軽く居眠りをしたりしていた。一体、何でこんな辛《つら》い目にあっているんだろうという思いもよぎったが、よその家の子供のためにつきあってくれている本間さん夫婦などは、私よりももっと一体何でこんな目にあっているのか、ますますわからないだろうと思い、申し訳ない気持ちでいっぱいになった。

こんな辛い目にあいながら一応最後まで運動会を見ていたが、息子の白組は負けた。赤組の「バンザーイ」という勝利の声がひびく中、私は自分の腕が半そで以下、中途ハンパに焼けていることに気づき、ハッとしたが、もうどうしようもなかった。

2001. 6. 12

息子の参観会だったので小学校に行った。教室の後ろの壁に、写生大会の時に描《か》いた絵がはられていたので見たのだが、他の子供達の描いた絵はちゃんと公園らしい景色が描かれていたのに、息子の絵は木が一本とうずまき模様《もよう》みたいなものが描かれていたので私はしばらく黙ってそれが何か考えていた。

するると息子がやってきて「オレ、くもの巣を描いたんだ」と言った。わざわざ写生大会のために遠くまで行ってそんなものを描いてきたなんて、面白いじゃないかと思い私は笑った。そして「面白いね」と言ってやると、息子は得意になって「面白いだろ」と言って笑った。

……
くものすだぞ
2001.6.19

いっこく堂さんと一緒に『高田文夫《たかだふみお》のラジオビバリー昼ズ』というラジオ番組に出演した。高田文夫さんと清水《しみず》ミチコさんが司会だったので、とても楽しかった。ところで、なんで私といっこく堂さんが一緒に出演したのかというと、いっこく堂さんの今年の全国ライブの腹話術《ふくわじゅつ》の脚本を、私が1本だけ書かせていただいたので、それの告知《こくち》も兼ねて一緒に出たのであった。いっこく堂さんは、ラジオでも腹話術をやっていたが、アレはやっぱりTVかライブで観《み》るほうが絶対にいいよなーと、あたりまえな感想を抱《いだ》いた。みなさんも、ぜひいっこく堂さんのライブを観に行って下さい。

いっこく堂さんの芸はラジオよりもテレビか生でみた方がいいな
ヒロシも同じ感想。
うん。腹話術だからね…

2001. 6. 26

今年は、サクランボをずいぶんいっぱい食べた。近所のスーパーや果物《くだもの》屋をまわり、いろんな産地のサクランボを食べてみたり、思い切って贈答《ぞうとう》用の高い箱に入ってるサクランボを買ってみたりして、例年の３倍以上は食べた気がする。そのせいでうっかりライチを食べ忘れ、今年はまだライチを一回も食べていない。ライチのことは忘れたまま、次は梨《なし》かスイカにいきそうなかんじだ。

あー　おいしい。やめられないね。
また明日も買おう。
ムシャ　ムシャ
2001. 7. 2

ヒロシが、家から少し遠くのタバコ屋にタバコを買いに行ったら、そこで店番をしていた婆さんに「あんた、この辺に住んでいるのかい？」と話しかけられ、それから30分以上も婆さんの話をきかされたそうだ。話の内容は、安いギョウザの店とかソバ屋の話から、婆さんの身の上話まで、かなり盛沢山《もりだくさん》だったようだが、それをきいていたヒロシの返答は「ああそうですか」を何回か繰り返しただけだったらしく、こんなヒロシを相手に30分以上も話を続けた婆さんて、なかなかやるなと思った次第《しだい》だ。

「ああそうですか」しか言わなかったんだって。
それだけで30分以上も!?
2001.
7.10

自宅に友人が遊びに来た時、庭からフジが逃げ出してしまった。フジはものすごい勢いで走り去り、ヒロシと友人と息子が次々とフジの後を追って走って行った。皆、「フジー」と叫びながら走って行ったが、フジはこちらの呼びかけにも振り向かず、目的もないままどこかに向かって一直線に走っていた。逃げた犬をヒロシや友人や息子が叫びながら追いかけてゆく光景は、まるでサザエさんか何かの漫画の一コマを見ているような気になったが、ふと、うちだってちびまる子ンちだから漫画じゃん……と思い出して脱力した。その後、まもなくフジは無事にヒロシに捕《とら》えられ、わざわざ訪れてきた友人は汗だくになりながら、「捕《つか》まってよかったね」と言い、フジがヒロシに抱えられて家の中に入ってゆくのをボンヤリ見ていた。

フジ〜〜ッ
まて〜
わ〜
漫画みたい……
2001.7.16

今週、ファイナルファンタジーのX《テン》が発売されるので、大変楽しみだ。これが原因で睡眠不足、原稿の遅れ、人づきあいが悪くなる、風呂に入るのをやめる日がある等、いろいろな問題も私なりに予想されるが、私にとって、これをやらない事にするほうが一番悪い問題といえるのだ。だから、どんなつまらない問題がいろいろあろうと、そんなの全部なかった事にして、ゲームに没頭《ぼっとう》する日々に突入する。発売日は19日だから、みんなも一緒にファイナルファンタジーをやろう!! ゲームに疲れたら、桑田さんの「波乗りジョニー」をきいたりしてね。夏は、外出なんてしないで家の中にいるのがいいよ。暑いんだから。

2001. 7. 18

徳間書店《とくましょてん》の単行本の取材で、中国の昆明《クンミン》に行くことになった。昆明とは、雲南《うんなん》省にある町なんですよ。その町の、ずっと奥のほうにある古都、麗江《リージャン》という町をたずねる旅なのです。けっこうハードな旅だと予想されますが、がんばって行ってくるよ。麗江は、すごく美しい町並だというウワサですが、はたしてそれはホントかどうか、また戻ってきたら、ちょっとだけ報告するから待っててね。

ああ、ホントに冒険に行くことになったよ。
ゲームのつづきが気になるけど行ってきまーす
2001.7.27

中国に行ってきた。雲南省の山奥に住む、漢方薬の研究をしているおじいさんに会ってきた。詳しくは、徳間書店から出す本の中に記《しる》すので、その本がでた時にはぜひそれを読んでいただきたい。その本も面白いよ、今書いてるんだけど。で、雲南省は天気が悪かったんだけどとても涼《すず》しくて過ごしやすく、古い町並が残っていて風情《ふぜい》があってよかったです。プーアール茶が名物なので、お茶をごっそり買いました。年代物のお茶も買ったんだよ。30年以上も前のやつ。ちょっと、カビ臭いかんじの味だけど、せっかく買ったから飲まないとね。体にもいいらしいし。

漢方薬の研究をやっている先生
素朴なかわいいおじいさんでした。
2001. 8. 2

ここ半年ぐらい前から、ポケットボーイという ゲーム機の『もぐらたたき』を毎日数回やっている。このゲーム機はキーホルダーになっているような小さい物で、空港や駅の売店で売っている。『もぐらたたき』は息子のお土産《みやげ》に買った物だったのだが、やってみたら意外と面白く、指先の運動にもなるし、集中力、注意力、反射力等をきたえるためにも良いと思い込み、毎日欠かさず寝起きに2~3回やることにした。寝起き以外にも、仕事のあいまにちょっとやると気分転換になる。非常にシンプルなゲームなので、一回にかかる時間が5分程度と短いため、やりすぎてしまうこともない。(続く)

おかあさん
それやってるとき
すっごい真剣
なカオしてるよ
だって…
真剣にやらなきゃ
やる意味ないじゃん
ピコ…
ピコ…

2001．8．9

（続き）私は『もぐらたたき』がずいぶん上手《うま》くなり、もしもこのゲームの世界選手権があったら、けっこう上位にいけるんじゃないかと思うほどだ。このまえ中国に行く時、成田空港でコレが売っていたので2個購入した。今使っている物がこわれてしまったら、もうやれないと悲しいのでスペアを欲しいと思っていたところだったのだ。スペアを用意するほど、このゲームが好きだという人をきいたことがない。それどころかこのゲームを持っている人の話も一度もきいたことがない。ちょっと、私って一体っていうかんじ……。

うちにひとつあるのに、また2個も買ったの!? なんでて.
だってこわれたらイヤだから……
ばかだね、ももこは。
ころころ

2001.8.13

『りぼん』のお正月号(1月号)で、『ちびまる子ちゃん』を描くことになったので、今それを描いている。また、徳間書店の書きおろし単行本の原稿と、集英社《しゅうえいしゃ》の対談本の原稿も並行《へいこう》してすすめているのでけっこう忙しい。忙しいけど息子は夏休みなので、たまにはどこかに連れてってあげたりしなくてはならないので大変だ。そんなわけで、ちょっと仙台《せんだい》とか那須《なす》方面に息子とふたりで行ってくる。息子は大喜びでゲーム機と水着を持って行くと言っているが、あたしゃ一応原稿用紙を持ってくよ。息子が寝たら、夜中にちょっと書こうと思ってるんだけど、疲れて寝ちゃうかもね。

仙台のホテルのプールにて。
利用者は私と息子だけ。

息子と、仙台と那須塩原《しおばら》に旅行して帰ってきた。息子は、刺身《さしみ》や湯葉《ゆば》などの和食のおいしさをまだ全くわかっておらず、決してスシなどを食べないので、せっかく仙台に行ったのにスシ屋にも懐石《かいせき》料理屋にも行けず、ホテル内だけで地味に過ごした。これじゃ、わざわざ仙台に来なくても、都内のホテルで済んだのになァ……と思い、スシ屋に行けない無念《むねん》を嘆きつつ寝不足の夜が明けた。と、嘆きながらも私は駅の構内の定食屋で、牛タン定食と生ウニを食べ、息子は天ぷらソバを食べた。

仙台の駅でただなんとなく入っただけの定食屋だったのに、牛タンも生ウニもとてもおいし

ちょっとコレおいしい!!さすが仙台だね
おおっオレの天ぷらソバもすごいぞーっ
2001. 8. 23

かった。息子の天ぷらソバも、立派なエビが3匹《びき》も入っていてすばらしかった。これだから仙台はみんなが「良い所だ」と口を揃《そろ》えて言うし、私も「良い所だよ」とみんなに言うのだ。仙台の食べ物屋に、片っぱしから入って食べてみたい。また今度は、ゆっくり来よう。

仙台の食べ物屋に未練たらたら残しつつ、私と息子は那須塩原に向かった。今度は那須高原の温泉旅館に泊まるのだ。息子は温泉旅館より、他の楽しい施設のほうが良かっただろうが、この際私の好みにあわせてもらう。夏休みにママと遠い所に新幹線で行ったという思い出ができる以上の事は望まないでもらいたい。

次は温泉だろ?、
そうだよ。プールはないけどね
2001.8.23

那須の温泉旅館では、部屋に露天《ろてん》風呂が付いていたので息子と私は早速風呂に入り、ダラダラと過ごした。夕飯を食べ、TVをみたり、マッサージをしてもらったりして、夜10時には寝た。翌朝、「おかあさんっ、もう朝の9時10分だよっ」という息子の声でハッとして目覚めた。11時間も眠ってしまったとは、あやうく朝食を逃《のが》すところであった。

あわてて朝食を食べに行き、大急ぎで荷物をまとめて旅館を出た。あんなに寝たのに私は新幹線の中でも眠ってしまい、息子に「もう上野だよ。あと5分で東京に着くよ」と言われてハッとして目が覚めた。今回の旅は、非常によく眠れた事と、息子が意外としっかり者に成長しつつある事が判明した点が良かったといえる。

温泉もいいよね
そう言ってもらえてよかったよ
2001.8.24

秋

このまえ、集英社の横山さんがとてもオシャレに包んだ箱を持ってきてくれた。その中には、見るからにおいしそうな桃がギッシリ入っていたので私は早速《さっそく》食べてみたのだが、これが見た目より更《さら》に、もう想像を絶するおいしさだった。まるでシロップ漬《づ》けの桃かと思う程甘《あま》く、もったいなくてついつい種までしゃぶってしまった。今までの人生でたくさんの桃を食べてきたが、こんなにおいしいのは初めてだった。くれた横山さんも、まさかこんなにおいしいと喜んで食べたなんて思っていないかもしれない。全《すべ》ての桃を何日間かにわたり食べつくした後は、なんかいい夢みたような気持ちになった。横山さん、ありがとう。そしてこの桃を育てた人よ、また来年もがんばっておくれ。

ああ〜〜っ
おいしい!!
2001.9.3

今年の初夏に金魚がたくさん卵を産み、金魚の赤ちゃんが次々とかえって、ピーク時には100匹《ぴき》を超《こ》えるほど赤ちゃんが泳いでいたのだが、夏が過ぎて秋になったらたったの4匹《ひき》になっていた。一応、ヒロシが金魚の世話をしているのだが、ヒロシの意見としては「まァ、4匹も残りゃ上等だろ。だいたいなァ、魚なんて、やたらとたくさん卵を産んでも、みんな他《ほか》の魚に食われちまったりして、せいぜい1匹か2匹しか大きくならねぇんだから。サケとかもさ」と語っていた。

うちの場合、他の魚に食われたりする危険もなかったはずなのに、たったの4匹しか残らなかったのはヒロシの世話に問題があるとしか思えない。サケじゃあるまいし、ペットの金魚なんだから。でも、わたしゃヒロシを責めたりしないよ。金魚の卵の生存率《せいぞんりつ》のことぐらいじゃあさ。

あれっ!? 4匹?
多いだろ?
2001.9.10

町内の秋祭りに、息子と息子の友達ふたりを連れて行った。息子達は走り回り、ヨーヨーつりや福引きを次々とやり、金魚すくいは私もやることにした。

私は7匹とったので気が済んだが、息子達はまだまだ何回もやりたいと言い、それぞれ3~4回ずつやった。

金魚すくい屋のおじさ

んは気前が良く、とれた金魚を全部くれたので、ものすごい数の金魚を持って帰ることになった。合計でおよそ40匹以上はいる。

息子の友達は自分の家には持ち帰らなかったので、40数匹全部をうちで飼う事になった。

一応、うちではヒロシが金魚の世話係とい

う事になっているので、
またヒロシの仕事が増
えた。役に立たないと
みんなに言われている
わりには、金魚・犬・
植物等の世話をしてい
るんだから、けっこう
役に立っている。
　しかし、ヒロシの世
話は母がしているので、
その辺の事情で「役に
立たない」と言われが
ちなのだろう。

おい
こりゃうちで金魚すくいができるぞ
うん…
2001.9.17

息子が任天堂《にんてんどう》のゲームキューブを欲しがったので買ってやることにした。『ルイージマンション』というソフトも一緒《いっしょ》に買った。ルイージというのは、マリオの弟で今回のゲームの主人公だ。ルイージの武器はそうじ機だけで、このそうじ機でオバケを次々と吸い込んでゆくというゲームなのだが、これがなかなか難《むずか》しい。どんなに強い敵でもそうじ機で戦わなければならないし、ルイージは臆病《おくびょう》なのでオバケが出ると一瞬あわてるし、オバケのほうも逃げようとしてあわてるし、やってるこっちもオバケが出るとドキッとしてあわてるし、そばで見ている人もつられてあわててワーワー叫《さけ》ぶし、もうみんなみんなあわてて大騒《おおさわ》ぎになるのだ。

それが面白《おもしろ》くて、息子も私も息子の友人達もこればっかりやっている。これ以上わざわざ大騒ぎする必要がないくらい毎日騒がしいのに、オバケも加わってどうしましょうというかんじだ。

2001.9.27

今、『りぼん』の1月号に載《の》る予定の『ちびまる子ちゃん』を描《か》いているのだが、久しぶりに描いてみるとやっぱり漫《まん》画《が》って大変だよなァとつくづく思う。キャラクターの髪《かみ》をベタで塗《ぬ》るだけでもすごく面倒《めんどう》だ。今回はいつもよりページ数も多いので、ますます大変なのだが、アシスタントの藤谷さんもがんばってくれているので私もがんばろうと思うよ。

というわけで、ここんとこずっと仕事ばっかりしていています。あとはニュースを見たり、ゲームをちょっとやるぐらいですね。

ハー 肩こった…
まったく まる子は 世話がやけるよ…
2001. 10. 5

今、息子に漢字《かんじ》の練習をさせているのだが、前に集英社から出版された『ちびまる子ちゃんのかん字じてん』という本を利用している。この本が出版された時には自分にはあまり利用する機会がなさそうだと思っていたが、こんなふうに利用する機会に恵まれるとはうれしい気持ちだ。ちなみに息子は「学校」という字と「先生」という字に苦戦し、「もう覚えられない」と言って泣いたが、私は「あんた、まずコレが書けなきゃ学校に通ってる意味がないじゃん。まだまだこれから難しい字がたくさんあるんだから、こんなことぐらいで泣いていたら体の水分も塩分も足りないよ」と言って一喝《いっかつ》し、練習を続けさせた。

もうやだ…書けないよ
学校なんて簡単なんだから泣くんじゃないよ
バラなんて字ホントに泣けるぐらい難しいんだからね
まだバラという字をかけない私。
2001、10.11

取材で長野《ながの》に行った。スプーン曲げをやる綾小路鶴太《あやのこうじつるた》郎《ろう》さんに会いに行くという企画《きかく》だったのだが、父ヒロシも同行した。綾小路さんのスプーン曲げはすばらしく、ヒロシも私も感動し、曲げられたスプーンにサインをしてもらって帰ってきた。そのスプーンを見た息子が「あ〜〜、オレも行きたかったよう。なんで一緒につれてってくれなかったんだ」と騒ぐので、私は「だって仕事だったんだから……」と言うと、「なんでおじいちゃんまで一緒に行って、スプーン曲げを見るのが仕事なんだよ。そんな仕事、変じゃないか」と反論《はんろん》をした。確かに、ヒロシと一緒にスプーン曲げを見るのが仕事だと言っても、そんなの通用しないかもなァ……と思い、何て言って説得したらいいか困惑《こんわく》は続いている。

ずるいぞっ
おじいちゃんまでスプーン曲げを見るなんていったいどういう仕事だよっ
しーん…
2001.10.19

息子と一緒に「絵本をつくろうか」という事になった。私としては、何かカワイイ感じの絵本にしたいなァと思っていたのに、息子は「『おばけの手』っていうのにしよう」と言い出したので、やだなァと思いながらそれを一緒に描く事になった。まだ一枚目しか描いていないが、おばけの手が墓《はか》から出ているというタイトル通りの絵になった。全然かわいらしくもないし、別に面白そうでもない。こんなのをあと何枚描けば出来上《できあ》がるのか私にも息子にもわからないが、一応完成すればいいなとは思っている。

おかあさんっ
カラス描こうか
カラス!!
チャララ〜ン…♪
はか石
…うん。いいね。
描けば。カラスも
……。
2001.10.26

さて、このまえ『ツチケンモモコラーゲン』という本が集英社から出版されたのですが、もう皆さん読んでいただけましたでしょうか。この本は、土屋賢二《つちやけんじ》先生という、お茶《ちゃ》の水《みず》女子大の哲学《てつがく》の先生と私の対談集なのですが、この本をまとめるのには大変苦労しました。イラストも、かなり力がはいっております。面白いと思いますので、まだ読んでない方は、すぐに入手して読んで下さい。もう読んだよという方はどうもありがとうございます。いつも、直接《ちょくせつ》お礼が言えなくてごめんよ。今年は年内に、あと2冊ぐらい出る予定なので次から次へとよろしくね!!

土屋先生に　またぜひ　うちに遊びに　来て下さいって　言っといて!!　ねっ!!
えっ…あっ　…もう対談　おわったけど…　機会があったら　言っとくよ…。
土屋先生にほめられたので　うれしい母。
2001.11.1

ここんとこずっと、ゲームキューブの『ピクミン』をやっている。とても面白く、よくできているゲームだよなァと感心《かんしん》する。いろいろ作戦を考えてやらなくてはならないので、ついついピクミンのことばかり考えている時間が増え、とうとう自分がピクミンになった夢までみてしまった。夢の中でピクミンになった私は、別に何の疑問《ぎもん》も持たず、他のピクミン達と一緒に食糧《しょくりょう》を運んでいたよ。

2001.11.11

最近、夕飯の後にやたらと眠《ねむ》くなり、必ず2～3時間は眠ってしまう。だいたい10時頃《ごろ》から12時か1時頃まで眠ってしまうのだ。お酒を飲んでも飲まなくても眠くなる。食後は脳《のう》の血液が胃に降りるから眠くなるのだといわれているが、それは本当だよなー……と思いながら眠り、起きるとスッキリして朝まで仕事をしたり趣味《しゅみ》を楽しんだりしている。それでまた朝から昼下《ひるさが》りまで眠るのだ。

たまに午前中に用事があると、辛《つら》くて辛くて倒《たお》れそうになる。

あ〜…
ねむ……もう
ねよ…
らくだなァ…
ムニャムニャ
2001. 11. 15

京都の「ます多《だ》」に行った。「ます多」は前に『富士山』でも紹介《しょうかい》したおいしい和食のお店だ。そしたら、みのもんたさんがいてビックリした。みのさんとは初対面だったが、「いやー、ます多でちびまる子ちゃんに会えるとは、うれしいねぇ。今日はじゃんじゃん飲もう!!」と言って喜んで下さり、お酒もいっぱいごちそうしてくれた。みのさんはものすごく愉快《ゆかい》で、周りの人達もみんな大笑いし続け、全員酔《よ》っ払《ぱら》った。帰り際に、みのさんからお土産《みやげ》にマス寿司《ずし》までもらい、なんかもう、よくわからないけど龍宮城《りゅうぐうじょう》に行って来たみたいな夜だったよ。

みのもんたさんから
お土産までもらったって
…コレ夢!?
ます夕
現実感がない私
2001.11.22

息子がゲームばっかりやるので、ちょっとやりすぎじゃないかと思い、「そんなにゲームばっかりやっていると、いまにゲームみたいなカオになっちゃうよ。それでもいいの？」と言ったら、息子は「おっ、いいじゃんソレ。オレ、ゲームみたいなカオになりてぇ」と言って喜んだ。逆効果だったわけだが、それにしてもゲームみたいな顔って、自分で言っておきながらどういう顔だよって思う。また、息子は一体どういう顔を思い浮かべてソレになりたいと言ったのか。全てが漠然《ばくぜん》と霧《きり》の中みたいにボンヤリしている会話だ。

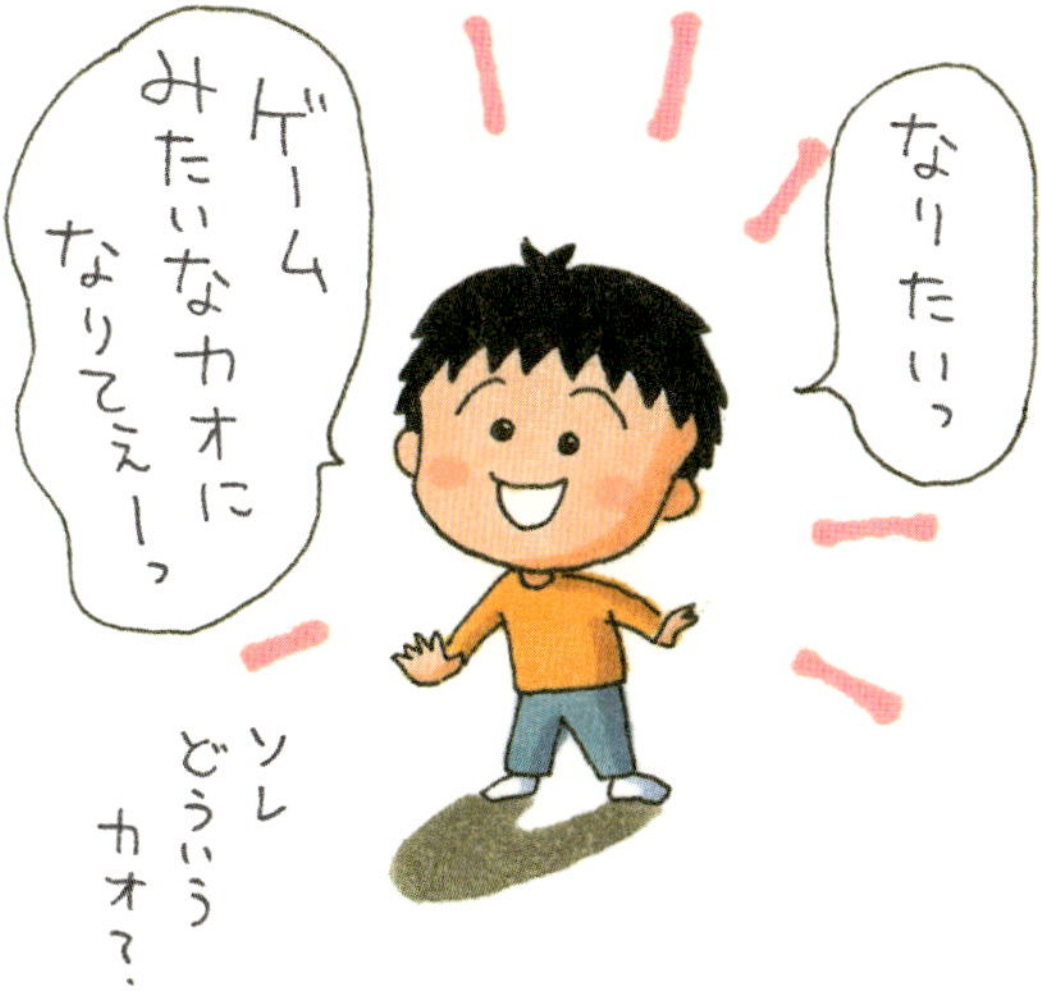
なりたいっ
ゲームみたいなカオになりてぇーっ
ソレどういうカオ?

2001.11.26

母がオナラをしたら、息子が「おっ、おばあちゃんのオナラ、どういう匂《にお》いか嗅《か》いでみよう」と言って、母の尻《しり》の周辺をクンクン嗅いでいた。勇気あるよなーと思って見ていたら、ヒロシが「おい、今度はおじいちゃんのも嗅いでくれよ」と申し出たが、息子は「誰《だれ》がじじいのオナラなんて嗅ぐもんか」と悪態《あくたい》をついたので、私は「こら、じじいなんて言うんじゃないよ。おじいちゃんがかわいそうじゃん。オナラも、嗅いでやりなよ」と息子をたしなめた。しかし、オナラも嗅いでやりなよってソレをすすめるのもどうかしてるよなァと、言った後で思った。

オレのオナラもかいでくれよ
ブー
バカなヒロシ
2001.11.29

冬

このまえ、年賀状のイラストを描いた。毎年だいたい干支《えと》の絵を描いて印刷しているのだが、来年は午《うま》なので馬に乗ったまる子の絵にしてみた。ちょっと難しかったね。ウサギとかだと楽なんだけど。この年賀状を抽選《ちゅうせん》で10名の方に、直筆《じきひつ》サイン入りでプレゼントします!! そんなたいした物じゃないけど、もしも当たったらお正月に届くよ。ちょっとだけ縁起《えんぎ》いい感じがするかもよ。どしどし応募《おうぼ》して下さい。

馬ってむずかしいなァ…
トホ…
カメ年とか金魚年とかだとラクなのにね…
2001.12.12

みなさん、徳間書店から出ました私の新刊『ももこのトンデモ大冒険』は、もう読んでいただけましたでしょうか。今回のこの本は企画から出版まで約1年半、コツコツといろんな所に行き、いろんな人に会ったりいろんな大変な目にあったり、まあホントに苦労が多かった一冊ですのでぜひ、可愛《かわい》がって読んでいただけるとうれしいです。さて、来年はまた『富士山』の5号に取り組もうかという予定になりました。『富士山』のファンの方、楽しみに待ってて下さいね。その他の本も色々出る予定です。2002年もがんばるからよろしくね!!

ボクからもぜひ皆さんに
よろしくお願いしますと
言わせて下さい…
ポツン

徳間書店の石井さん。
この人も『トンデモ大冒険』の
取材でいろいろとひどい目に
あった仲間。新潮社の石井さんとは
全くの別人。

2001.12.17

北海道の富良野《ふらの》に行ってきた。富良野といえば、『北の国から』の舞台だが、まさしくその原作者の倉《くら》本聴《もとそう》先生のラジオ番組のゲストとして招《まね》かれたのである。12月の富良野は気が遠くなるほど寒かったが、ラジオの収録《しゅうろく》の前半は〝五郎さんの建てた家〟という設定の手作り小屋で行なわれたため、かなり寒いのを我《が》慢《まん》してトークをしなくてはならなかった。私は一応我慢していたのだが、倉本先生が「ああ、こりゃ寒いや。やっぱここはやめよう」と言い出し、暖かい建物に移ることになった。でも、五郎さんの作った家に入れてよかったよ。倉本先生もすごく明るくて愉快なお人柄で、楽しいラジオ番組が収録できたよ。これは、来年の2月か3月に放送される予定です。お楽しみに!!

旭川空港から外に出たとたん
寒さにビックリする私。
さむっ
2001.12.25

今年は息子がサンタクロースに「ゲームキューブのソフトを3本下さい」と頼《たの》んでいるのをきいたので、急いでスタッフに買いに行ってもらった。息子はまだバリバリにサンタクロースを信じている。息子のクラスの8割ぐらいの子供が、まだ信じている様子だ。一年生ってかわいいよなァと思う。それで、私はゲームキューブのソフト3本をいかにもサンタが持ってきたような紙に包み直し、クリスマスカードも英語で書き、それを24日の夜息子の枕元《まくらもと》に置くことにした。毎年そうやっているのだ。これで毎年成功している。たぶん今年も成功すると思うので、息子は来年もサンタを信じてクリスマスを楽しみに待つだろう。

今年もバッチリ成功した。

ちょっとちょっと
サンタからの手紙が『英語だ』って大喜びしてたよ。
うまくいったね
2001
12.26

この年末も押し迫《せま》った時に、私の仕事場は本棚《ほんだな》やクローゼットを取り付ける工事をしてもらう事になった。だからもう非常にバタバタしている。どうにか新年までに片付《かたづ》けばいいが……と思っているが、片付くかどうか心配だ。片付こうが片付かなかろうが正月は来てしまうので、ちらかったまま正月が来たら諦《あきら》めておせちでも食べて呑気《のんき》に過ごそうと思う。

今年一年、たくさんの応援《おうえん》ありがとうございました!!　また来年もよろしくお願いします。

何も年末にリフォームなんて…
…年明けにすりゃよかったかなァ…
2001.12.28

'02
年

あけましておめでとうございます。みなさん、お元気で良いお正月をお迎えでしょうか。

私の今年の予定は、『ちびまる子ちゃん』の15巻を出すように漫画を描くことと、『富士山』の5号を出すようにがんばって取材に行ったり書いたりすることと、その他文庫や単行本のために書きおろし原稿を書いたり、まあそんな感じです。健康への興味も尽《つ》きません。またいろんな発見や楽しいことがあったら皆様にお知らせします。

今年もあいかわらずそんなことばかりやってますが、はりきっていこうと思ってますので、どうぞよろしくお願いします。皆様も、どうかお体を大切に、お元気ですばらしい一年を送って下さい。

あけましておめでとうございます。…で『ちびまる子ちゃん』の15巻ですが
結局2003年の2月ごろ発売します。どうぞよろしく!!
2002.1.4

年末年始は、仕事場のクローゼットや本棚のリフォームや、友人が遊びに来たり息子が冬休みで宿題の面倒をみたり、大忙しだったけど、楽しかった。片付けも年内にどうにか済み、無事に正月を迎えられたのでホッとした。今年の正月は、おせちをよく食べたよ。自分ちでもよその家に行っても食べたので、体重がちょっと増えた気がする。まァ、正月だからしょうがないか。毎年正月はちょっと増えるんだよね。

あ…ちょっとふえてる……
ブツブツ
ま、リフォームも無事に済んだし正月だし…いっか。
2002.1.7

前に、『ピクミン』にハマっているという事を書いたが、私はまだやり続けている。かれこれ3ヵ月間もやっている事になる。よっぽど疲《つか》れている日以外は、毎日2時間ぐらいやっている。今、12日でオリマーが脱出《だっしゅつ》できるようにまでなった。『ピクミン』をやった人なら、これがなかなか良い成績だという事がわかるだろう。

しかし、12日より短い日数でオリマーを脱出させる事はどうしても難しい。3ヵ月目にして限界を感じている。どんなに考えても、いろいろ作戦を試してもムリだ。そろそろやめた方がいい時期が来たのだが、やらずにはいられなくなってしまった。中毒《ちゅうどく》になったと思われる。（続く）

ところが…あれから更にがんばり、

11日でオリマーを脱出させることに

成功したんです。

さすがにこれ以上はムリだね…
ふー…
まるで自分がオリマーかと思うほど疲れた。

2002.1.21

（続き）ついつい『ピクミン』のテーマソングのCDも買ってしまい、折《おり》に触《ふ》れてはきいている。一生けんめいゲームをやった者には、あの歌は泣ける。ああそうだよな、ピクミンは引っこ抜《ぬ》かれて戦って食われても、愛してくれとは言わないよなー……なんて思って、ジーンとして涙《なみだ》をこらえたりした事が3回もある。

こんな事になってしまって、一体どうしようと少し思う。もう限界だというのに、私は何を目指してまだやっているのだろう。息子はとっくに『どうぶつの森＋（プラス）』というゲームを楽しんでいるが、私はまだまだ『ピクミン』をやりたい。

あっ
ピクミンのCDだっ
おかあさんコレ
買ったの!?
うん…
買ったんだ
ソレをきいて
泣いているとは
いくら何でも息子に
いえなかった。
2002.1.25

息子と一緒に花屋に行って、鉢植《はちう》えのヒヤシンスを買ってきた。まだつぼみが下のほうにあり、花が咲くのはあと1ヵ月ぐらい先になりそうな感じだったのに、部屋の窓辺に置いておいたら、暖かかったせいで3日間でグングン伸びてしまい、もう花が咲き始めてしまった。満開になるのも時間の問題だ。花が咲き終わったら、球根を深めに土の中へ埋めてやるとまた来年咲くらしいが、春まで楽しめると思って買ったのに、冬のまっ最中で球根を埋める作業をしなくてはならないと思うと気が重い。

……ところで、このiモードでこうして書いている私の近《きん》況《きょう》が一冊の本になったよ!! タイトルは『ももこの21世紀日記』です。幻冬舎《げんとうしゃ》から出版されてます。絵は全部描きおろしました。ますます楽しさが増してますから、皆さんぜひ読んで下さいね!!

早いね…
……ね
2002. 1.30

カゼをひいて、喉《のど》が痛くなったので、昔から伝わる民間療法《りょうほう》を試してみるチャンスだと思い、やってみた。

太ネギを酒につけながらアミで焼き、やわらかくなったらガーゼにまいて首にまきつけるという療法だ。

ネギをまいたままひと晩寝《ね》たら、次の日の朝には喉の痛みが治っていた。カゼ薬も飲んだけど、ネギの効果もかなりあったと思う。

今まで知っていたのにやらなくて、ネギに申し訳ない気持ちになった。これからは、積極的にネギを喉に活用しようと思う。

おって.
なんだその首
ネギだよ。…いいじゃんほっといてよ
なんとなくカッコわるくて家族に説明したくなかった。
2002.2.8

みなさん、いつも@さくらももこにメールを送って下さってどうもありがとうございます。ちょくちょくマメに読んでいるんですよ。返事が書きれないので書いていませんが、読んでいるので許《ゆる》して下さい。それにしたって、ホント、みんなやさしいいし、ありがたいメールばっかりでうれしいねぇ。受験生の人から「ももこさんカゼひかないでがんばって」なんて言われると、申し訳ないったらありゃしないよ。受験生のみなさんこそ、カゼひかないでがんばってね。受験が人生の全てなんてことは全然ないけど、目前の目標としてはベストで臨《のぞ》めた方がいいからね。おちついて、私もみんなが合格しますように祈《いの》ってます。

受験生のみなさんこそ
カゼひかないでがんばってね!!
2002.2.19

ここんとこ何回も、たて続けに宝石の岡本さんにおいしいスシ屋へ連れて行ってもらった。「……申し訳ないよなァ」と思いつつ、ついつい「大トロもう一回っ‼」と叫んでいる自分にハッとしたりするが、それでもカッパ巻きを注文しよう等とは決して考えていない。このまえなんて、大トロとイクラとウニだけで3ターンぐらいした気がする。いや、気のせいじゃなくて実際した。一緒にいた岡本さんの娘さん達なんて、私が10個食べてる間にたった2個ぐらいしか食べている様子がないので、さすがに私もちょっと恥《は》ずかしい気持ちを抱《いだ》いてはいた。それなのに、さんざん食べた後、「岡本さん、私まだラーメン1杯ぐらいなら食べれます」と言ったら、これには岡本さんも軽く呆《あき》れて苦笑した。だったら初めっから、ラーメン3杯汁《しる》まで飲めよっていう感じだろう。

スシ屋から出てきたばかりなのに
もう今食べたスシを思い出し、
ヨダレがでているところ。

2002.2.22

『通販生活』で、買い物キャリーとジューサーを買った。それでうれしくて、久しぶりにスーパーに買い物に出かけた。スーパーの帰り道はいつも重い荷物で辛かったのに、買い物キャリーで運ぶとものすごく楽だ。これなら漬け物石《つもの》を買っても大丈夫《だいじょうぶ》だろう。花屋で花束を買い、パン屋でフランスパンの小さいやつも買った。なんか、フランス人になったような気さえした。これも買い物キャリーのおかげだ。今までも、たまにスーパーの帰りに花とパンを買う事があったが、荷物の重さで花を持つ手はしびれ、パンなんて買うんじゃなかったという後悔《こうかい》ばかりで顔をしかめながら家路を急いでいた。とてもじゃないけどフランス人になった気になんてなれなかったのに、買い物キャリーよありがとう。（続く）

なんか街並みまで急にパリみたいに見えるねえ
荷物が軽いって重要だなァ
2002. 2. 26

（続き）買い物キャリーを利用して買ってきた果物《くだもの》で、今度は新品のジューサーを使う事にした。このジューサーは野菜の青汁もしぼれるというので、ちょっとだけ青汁も入れてみた。リンゴやみかんの汁と共に青汁が混《ま》じると、まずそうな色になったのだが、飲んでみると実にさわやかで甘くておいしかった。ついつい「ヘルシー、メルシー」と言ってしまいそうな感じだ。そのうえ、フランスパンを食べたりするとまたフランス人になったような気分が強まり、たまたま遊びに来た友人（日テレの笛吹《うすい》さん）にもワインをすすめてしまった。笛吹さんは美人なので、ワインを飲んでいる姿を見るとパリジェンヌのお洒落《しゃれ》な友人との楽しいひとときみたいな気分に少しなったが、ふたりともどんどん酒を飲んだので、すぐにパリジェンヌどころではなくなった。外国っぽい感じに憧《あこが》れて追求してみても、やっぱ国内だとムリがあるよなァと思う。パリジェンヌが日本産の買い物キャリーを利用しているとも思えないし、青汁入りのジュースとかもね……。そしてやたらと酒を飲むのも……。

あっというまにパリ感ゼロ。
もうさァワインじゃなくて日本酒にするて.
ぜひそうしましょう。
笛吹《うすい》さん
2002.3.1

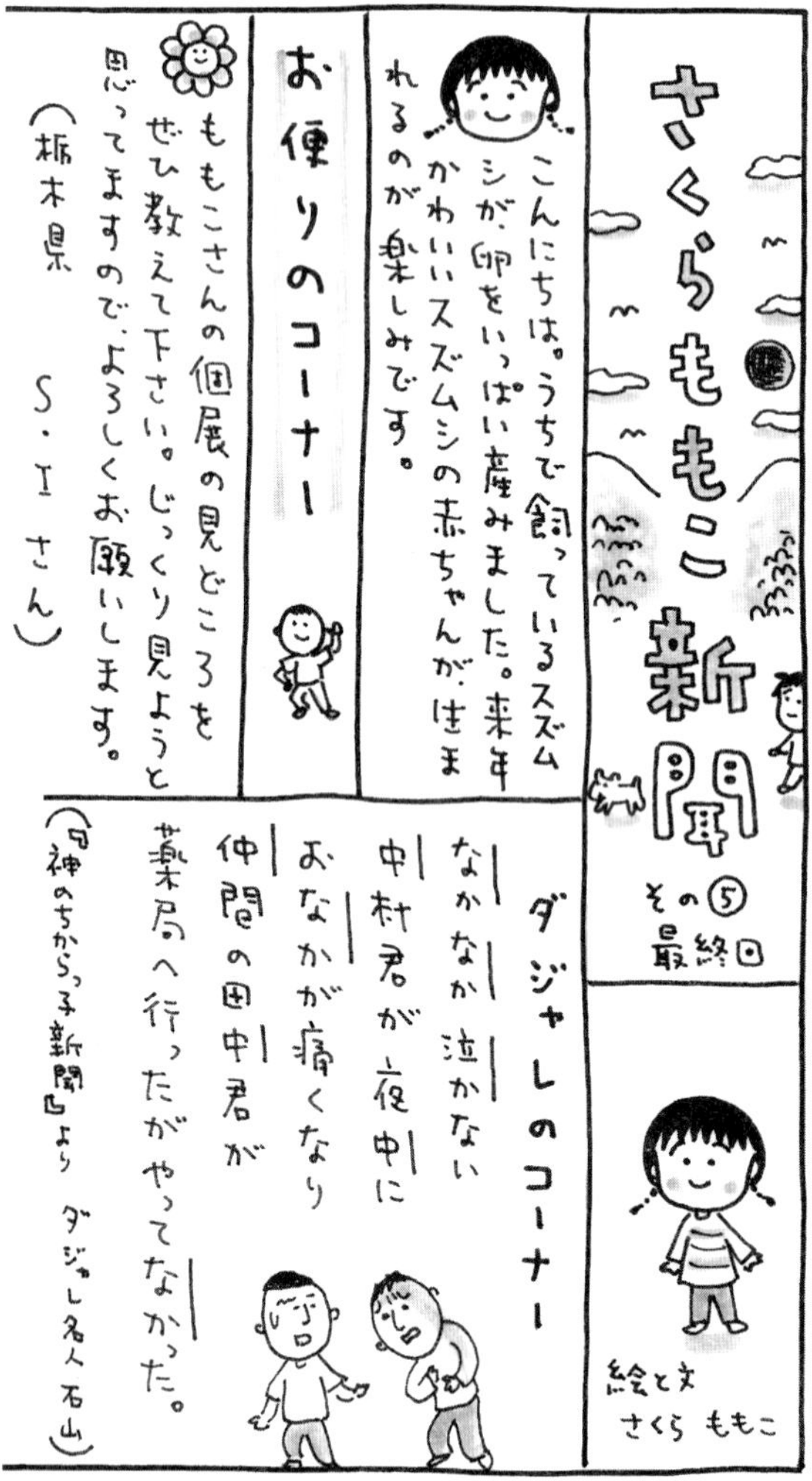
さくらももこ新聞
その⑤
最終回
絵と文
さくらももこ
こんにちは。うちで飼っているスズムシが卵をいっぱい産みました。来年かわいいスズムシの赤ちゃんが生まれるのが楽しみです。
お便りのコーナー
ももこさんの個展の見どころをぜひ教えて下さい。じっくり見ようと思ってますので、よろしくお願いします。
（栃木県 S・I さん）
ダジャレのコーナー
なかなか泣かない中村君が夜中におなかが痛くなり仲間の田中君が薬局へ行ったがやってなかった。
（『神のちからっ子新聞』より ダジャレ名人 石山）

●これは2005年9月14日〜26日、東京・銀座の松屋にて開催された「さくらももこワールド 20年の軌跡展」の告知のために読売新聞に掲載された作品です。

3コマまんが
ももちゃん
あっ、いいこと思いついた!!
ピーン
よし、次はコレにしよう!!
…と急な思いつきで仕事を始めるので
スタッフは困惑します…。
えっ
急にやる事にしたんですか!? なんでまた…

私は、あんまり絵に自信がないのですが、それでもいっしょうけんめい描きましたので、「ああ、ももこさんもがんばって描いたんだなァ…」と思って頂けるとうれしいです。下手なりにも、初期よりも最近の方がやっぱり多少は上手くなっているんじゃないかな…と思うのですが、そういう流れも味わって頂ければ…と思います。

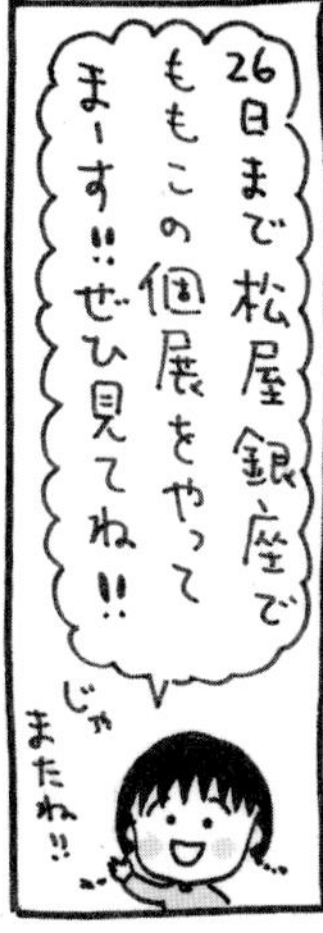
26日まで松屋銀座でももこの個展をやってまーす!! ぜひ見てね!!
じゃまたね!!

ももこの自分でおすすめの本

『MOMOKO TIMES』
(ももこタイムス)　集英社刊

この本は、私がMOREという雑誌で連載していた記事がまとめて読める単行本です。いろんな国へ行ったり生活の工夫をしてみたり、みなさんの質問に答えたり、バラエティに富んだ内容の一冊です。

9月26日発売!!

ヨロシクね!!

春

息子がヒロシに向かって「このクソじじい」などとひどい事を言ったので私が「こら、おじいちゃんにクソじじいなんて言うんじゃないよ」と怒《おこ》ったら、息子は「なんでじじいの味方をするんだよ」とまたじじいと言ったので「じじいなんて言うんじゃないって言ってるでしょ」と叱《しか》ると、息子は「ふん、それならこれから、おじいちゃんの事をこいのぼりって言ってやるっ」と言い出した。

あまりに突拍子《とっぴょうし》もない息子の発言に私は大笑いし、「じじいって言うより、こいのぼりの方がまだ全然いいから、そうしなよ」と息子に言った。ヒロシまでつられてプッと笑ったら、息子はすかさず「やい、こいのぼり、何笑ってんだよ。自分がこいのぼりって呼ばれる事になったくせに、笑うなっ」と早速ヒロシを攻撃《こうげき》した。その後も息子は次々と「やい、こいのぼりめ、

こらっ こいのぼりのくせに 何がおかしいんだっ
プッ…
ああ ごめんなさい
2002.3.4

テレビを見るな」とか、「こいのぼりのくせに酒を飲むな」等とヒロシをこいのぼり呼ばわりしてえばっていたが、とうとう母に「いつまでもおじいちゃんの事をこいのぼりなんて言ってんじゃないよ」と怒られ、私まで「あんたも黙《だま》ってないで注意しなよ」と怒られた。母はヒロシにも「あんたも、こいのぼりって呼ばれて返事してる場合じゃないよ」と怒った。

私は「クソじじいって言うより、こいのぼりの方がいいから、このましばらくこいのぼりって言ってもいいじゃん」と母に言ったのだが母は「ホントにずっとそう呼ぶようになったら困るじゃん」と真剣《しんけん》な顔で言った。一方ヒロシは「ああ、オレはこいのぼりじゃなくて、ヒロシだった」と我に返り、ほんの束《つか》の間《ま》、自分がヒロシだという事を忘れてこいのぼりになっていた事が判明した。まぁ、ヒロシだろうがこいのぼりだろうが、どっちでもみんなからあまり気にされないだろうし、本人も気にしないだろうとは思うが。

ああ そういやオレ ヒロシだった
ヒロシだった事を 思い出したヒロシ。
2002.3.7

自宅では柴犬《しばいぬ》のフジを飼っているが、仕事場でも犬を飼いたいと思っていた。フジは日本犬らしく活発に走るので、仕事場で飼う犬はおとなしい洋犬がいいなァと思っていたところ、ペットショップで雑種の洋犬が売られているのを発見した。

雑種が売られているなんて、珍《めずら》しいなァと思って近づいて見ると、なんともカワイイ小さいテリア種の犬だった。

他の犬は全部血統書《けっとうしょ》付きで値段も高いのに、この子だけ格安で、値札に赤文字で〝血統書なし〟と書かれている。なのに、他のどの犬よりもカワイイ顔でこちらに近づいて来て、ニコニコした笑顔で私を見ているので、もうすっかりこの子にやられたと感じた。

よく、犬を飼っている人が「この子と出会った時から運命を感じた」と言うが、まさにそれだ。

次の日、その仔犬《こいぬ》が私の仕事場にやって来た。ちょっとやんちゃだけどお利口で、おだやかな性格でめっちゃカワイイ。男の子だったので、ジェットというかっこいい名前をつけてあげた。ジェットと暮らすために、仕事場の家具の配置を変えたりしなきゃならないけど、ジェットのためならそのくらい、あたしゃがんばるよ。

格安で売られていた
ジェット。
きゃ〜〜
かわい〜〜っ♡
血統書ナシ（オス）
2002.3.11

息子と描いている絵本を、自費出版で作ろうと思っていたら、山口ミルコが「うちで出しましょうよ」と言ったので、幻冬舎で出すことになった。私としては、こんな本を出してもらうのも申し訳ないと思い、「ミルコ、あんた、社長によく相談してから出すことにしなくてもいいのかね」と言ったのだが、ミルコは「大丈夫だよ。こう見えても、あたしだって一応、幻冬舎の中ではえらいほうなんだからさ」と言ったので私はハッとし、「そうか、ミルコって、幻冬舎の中ではえらいほうだったんだ。今まで全《まった》く気がつかなくてごめんよ」と謝《あやま》った。

そして息子にも「ミルコさんが、絵本を出してくれることになったんだよ。ミルコさんはね、ああ見えても立派なえらい人なんだから、あんたもちゃんとあいさつしなよ」と言ったら息子は「うん、わかったよ」と真剣なカオをし、ミルコにむかって「ミルコさん、よろしくお願いします」と言って少し緊張《きんちょう》していた。（続く）

ミルコさん
よろしく
お願いします
ハッ
急に
ていねい語を
使っている…!!
ミルコ
2002. 3. 22

（続き）私と息子は、『おばけの手』の絵本の制作に、まじめな態度で取り組むことにした。ちゃんと最後まで描かなくてはならないと思い、ふたりでいろいろ考えて毎日コツコツ描き続けた。そして、このまえようやく最後のページまで描き終えた。

くだらないストーリーだし、絵も変なのだが、私ひとりでもこんなの描けないし、息子ひとりでもこんなの描けない、ふたりで力を合わせた力作といえる。たぶん7月か8月頃出版できると思うので、みなさんぜひ、読んで下さい!!

『おばけの手』制作風景
みんなが見てくれるんだからいっしょうけんめい描かないとね。
あ〜〜きんちょうするなァ…どうしよう
2002.3.25

『富士山』5号の取材で、バリ島に行ってきた。6年ぶりのバリだったが、やっぱりすごくキレイで良かった。毎日ナシゴレンを食べたよ。プールにも入ったし、お寺のお祭りも見たよ。バリ・アートもいっぱい見たし、エステやマッサージもやったし、短い日程だったけど、充実《じゅうじつ》している旅でした。またいつか行く機会があれば、もっと長く滞在《たいざい》したいな。

今度は韓国《かんこく》に取材に行く予定です。他にも国内の取材に行くので、大忙しですが面白い記事が書けるようにがんばるよ。

2002.4.2

今日、花屋の店先に変わった植物があるのを発見した。シダ類のようなのだが、シダ類にしては、そんなシダ類見た事ないなァと思うような植物だ。名前が書かれていたが、今まで聞いた事もないような名前だった。

その植物はその鉢ひとつしかなく、他に在庫があるようにも思えなかったので、もしも今コレを買わなかったら、たぶんこの先コレに出会う確率《かくりつ》は相当低くなるだろう。〝あの時のあの変わった植物が、ちょっともう一回見たいなァ〟と思っても、見ることは容易《ようい》にできなくなるという事だ。（続く）

葉の先がくしゃくしゃに丸まっている。
変わってるなァ
こんなの見たことないや…
2002.4.8

（続き）それで、その植物を買う事にした。「アレ下さい」と店の人に言うと、店の人も「ああ、これですか。これ、シダの仲間なんですけど珍しいですよね、こんなシダ。私もこんなの初めて見ました」と言っていた。

やはり、変わったシダ類だったのだ。店の人すら初めて見たと言っているのだから、客の私なんていよいよこの先コレに出会う確率は低そうだ。買う事にして良かった。この店員さんにも、もしもまたコレが見たくなったら、うちにおいでよと言ってあげたい気がした。

さて、それをフロ場に置いてみたのだが、なんかちょっと欲しかったイメージのシダ類とは違っている。シダ類のような変な植物が置いてあるなァ……と、初めて見た時と同じ感想を改めて抱いてしまい、何とも言えない情《なさ》けなさがフワッとこみあげるフロ場の光景だ。

ソレ下さい!!
このシダめずらしいですよね
私も初めて見ました
…買うことにしてよかった。
枯らさないように大事に育てるよ。
2002.4.11

このまえ、取材で韓国に行った。焼肉を食べるという目的の取材はとても楽しく済んだのだが、その翌朝、私は体調を崩《くず》して下痢《げり》をし、悪寒《おかん》に襲《おそ》われホテルで寝込む事になった。旅先で体調を崩すと本当に残念だ。買い物もいっぱいしたかったのに……とか、もっといろいろ食べたかったのに……とか思いながらただ寝ているしかない。テレビをつけても外国語だからわかんないし、気軽に友達に電話するわけにもいかない。

ゆっくり休んだ翌日、もう帰らなくてはならない日だったが、朝から食べたり買い物をしたり、ギリギリまで韓国を満喫《まんきつ》し、楽しく充実した気持ちで無事に帰国した。その翌日、韓国で旅客機が墜落《ついらく》したというニュースが飛び込んできて、私はショックで唖然《あぜん》とした。複雑な悲しみがこみ上げてきた。昨日、私を明るく見送ってくれたあの国のどこかで大惨事《だいさんじ》が起こったなんて……すごく悲しい。

2002. 4. 18

『富士山』５号の取材で、清水《しみず》に茶つみをしに行った。新茶の茶つみだ。

イラストレーターの宮崎照代《みやざきてるよ》さんの親せきのお宅の茶畑で茶つみをした。天気が良くて山や海がとてもきれいで気持ちよかった。

それにしても、茶つみって大変だね。朝から夕方近くまで、せっせとやったら腕《うで》が痛くなったよ。宮崎さんにも、親せきの後藤さん御一家《ごいっか》にも大変お世話になり、昼ごはんも夕ごはんもいただき、つんだ新茶も送っていただいた。

送っていただいた新茶をさっそく飲んでみた。毎年新茶の季節には、うれしく飲んでいるのだが、今年は自分でつんだお茶だったので、おいしさもうれしさもひとしおだった。

みなさんもぜひ、静岡県の新茶を飲んでみて下さい。さわやかな香りがするよ!!

茶つみの後、後藤さんちで
グッタリ倒れ込んで
しばらく起き上がれず
眠ってしまった。

足・腰・腕がガクガクに
なったよ。茶つみって大変だね。

2002.5.1

いつ言おうかと思っていたが、息子は去年の夏の終わりに、私がさくらももこだという事を知った。その時の様子などは、またいつか詳《くわ》しく書くが、とにかく彼は知ったのだ。

それで、「オレも、ペンネームを考えることにするよ。『おばけの手』の本にのせる時、ペンネームをのせた方がいいだろ」と言ってペンネームをいっしょうけんめい考えていた。

そしてある日、急に「オレ、ペンネームを決めたよ」と言ったので「何にしたの？」と尋《たず》ねると「さくらめろん」と答えた。私は思わず「おお、いいじゃん。息子っていう感じがするよ!!」とほめてしまった。息子は、メロンが好物なのだ。モモとメロンでフルーツつながりなのも親子らしいし、メロンは黄緑色なので男の子っぽくて良い。息子にしてはヒットだ。「スイカにしようか迷ったんだけどさ」と息子が言ったので「メロンの方がいいよ」と即《そく》言った。さくらスイカってのも、ちょっと変でいいけどね……。

2002. 5. 9

このまえ、一階の便所の扉《とびら》のカギが壊《こわ》れ、カギがかかったまま開かなくなってしまった。

ヒロシは「ももこが中に入ってるんじゃねぇのか!?」と私が目の前にいるのに言ったので「ここにいるじゃん」と私は自分の存在をヒロシに訴《うった》えた。

私は息子に「オバケかもよ。誰も中に入ってないのにカギがかかってるなんて……」と言ったら息子はおびえて「ウソつくなよー」と叫んだ。母は「ももこ、バカな事言うんじゃないよっ」と怒り、ヒロシが「しょうがねぇなァ。当分の間、二階の便所を使う事にしようぜ」と言ったら母は「呑気な事言ってるんじゃないよっ」とまた怒った。(続く)

ももこが入ってるんじゃねえのか!?
W.C
ドンドンと
ガチャガチャ
あたしゃここにいるよ。
おい…
2002.5.13

（続き）私は「じゃあさ、カギの110番みたいな、合カギ屋に連絡して開けてもらおうよ」と提案したのだが、母は「便所のカギぐらいで合カギ屋まで呼んでたらバカな家族だって笑い者になるよっ」と更に怒った。私は「バカな家族だって笑い者にはとっくになってるけど……」と小声で言ったが母には聞こえず、母はヒロシに「おとうさん、ボケッとしてないで、さっさとドライバー持ってきて、ドアノブを取りはずして開けりゃ済むでしょっ」と命令した。

それを聞いたヒロシと私は「ああそうか。そうすりゃ済むよね。おかあさんて頭いいね」と言い合った。それを聞いた母は「あんた達が頭悪すぎるんだよ。あたしゃもう泣きたいよ」と言い捨てて立ち去った。

おかァは頭いいなァ
カンカン
あんたたち
頭悪すぎっ あたしゃ泣きたいよっ
ねえ
2002. 5. 13

幻冬舎の山口ミルコが、階段から落ち、足首を複雑骨折し、救急車で運ばれて入院した。ミルコはついこのまえも、階段で滑《すべ》って転んで両手首をねんざしたばかりなのに、またこんな事になるなんて、気の毒だけど全くおっちょこちょいとしか言いようがない。息子の絵本『おばけの手』の打ち合わせも延期され、『爆笑の会』の旅の予定もしばらくたてられない。息子にこの話をしたら、「え、ミルコさん、このまえ階段で両手をケガしたのに、また階段から落ちたの!? ……かわいそうだけど……なんかオレ……ちょっとおかしくて笑っちゃいそう……ミルコさんて……」と言って、笑いをかなりおさえていた。本当に、痛かっただろうと思うとかわいそうなんだけど、ミルコのドジぶりにはもう笑うしかない。一日も早く良くなってほしいと祈るが、全治3ヵ月以上かかるらしい。

えっ…ミルコさん
このまえ転んでケガした
ばっかりなのに…
また転んだの!?
…ミルコさんて…
笑いを少し
こらえる息子
2002.5.20

みなさん、いつもメールをありがとうございます。私のサイン本が当たったと言って、大喜びの人からのメールや、はずれて残念という人のメールもありました。当たった人、おめでとう!! はずれちゃった人、また今度サイン本プレゼントをやりますので、こりずに応募して下さいね。

その他、『ちびまる子ちゃん』の15巻は出ないのかという質問も多かったのですが、来年の2月か3月頃、15巻が出る予定です。久しぶりだよね、漫画の新刊が出るのも。「私の町にぜひ来て下さい」とか「爆笑の会歓迎《かんげい》します」というメールもたくさんいただきました。6月から8月にかけて、『富士山』5号の取材のために、大阪・新潟《にいがた》・山口・九州・北海道など、いろんな県に行きますよ。みなさんの町の記事が『富士山』に載るかもしれませんので、お楽しみに!!

またちょくちょくサイン本のプレゼントやりますので
ハズレてもガッカリしないで次も応募してね!!
MOMOKO
2002.5.28

銀座には
けっこうよく
行きます。

デパ地下で
おいしそうな
ものをいろいろ
買います。

プリンとか
パンとか

それで満足して
帰ります。

MOMOKO

夏

仕事場の乾燥機《かんそうき》が壊れたので、この機会に全自動洗たく乾燥機を買う事にした。自宅では、コレを使っているのだが、私はほとんど仕事場にいるため、乾燥機が壊れてずいぶん不便な生活をしばらく送っていたのだ。

全自動洗たく乾燥機が届いた日から、ものすごく便利になった。うれしくて、その日は3回も洗たくしてしまった。ドラム回転式たたき洗いってホントに汚れがよくおちるし、服も傷《いた》まなくていいよなァと思う。洗たく機の窓から、洗たく中の様子が見えるのも面白いよ。フィルターのそうじも簡単《かんたん》だし、やっぱりコレにしてよかった。ちなみに私の買ったのはスウェーデンのエレクトロラックス社の製品です。『通販生活』にも載ってます。

なんて便利なの!!機械ってすばらしいね
ガタガタ
2002.6.3

最近、やたらと早寝早起きになっている。夜9時頃に眠くなり、朝3時とか4時頃起きるのだ。なので夕方5時頃には疲れてしまい、7時頃には何もしたくない状態になっている。10時頃まで起きていないといけない日などはとても辛い。取材や仕事で少しずつ生活のサイクルがずれて、今はこんな生活のリズムになっているのだが、夜中の時間が使えないと仕事がはかどらないので、早くもとのリズムに戻したいなァと思っている。

2002. 6.10

今年も息子の運動会に、うちのスタッフの本間さんとダンナさんが来てくれた。去年の運動会では、本間さん夫婦は日よけのために大きなパラソルを持ってきてくれて、ちょっと目立って恥ずかしかったうえに、たいして暑さしのぎの役には立たなかったという苦い経験をした。

そこで今年は去年の経験を生かし、本間さん夫婦は更に大がかりな日よけを用意してくれた。大きなシートを屋根がわりに組み立てたのである。もちろん、今年もそんな大がかりなことをして見物する親など誰もいない。勝手にこんなことをしてもいいのかという気もしたが、本間さん夫婦の工夫《くふう》と改善により、今年は去年よりもずっと快適に涼《すず》しくすごせて助かった。本間さん夫妻がいなかったら、私は熱射病で倒れたかもしれない。ありがとう、本間さん夫妻、また来年もたのむよ。

本間さんのダンナさん
グランドに勝手に屋根作っちゃってもいいのかなァ…
ん…
ええんやええんや
本間さん
2002.6.17

今年の2月頃から、私はモーニング娘。の本を作るために、モーニング娘。のメンバーひとりひとりと、ピクニックに行ったりスケートをやったり、その他いろんな事をやっていた。モーニング娘。のみんなは、どの子もすごく可愛らしくていい子達でした。楽しい本ができたと思います。発売は7月18日の予定なので、ぜひ皆さんも読んで下さい。本のタイトルは『ハコイリ娘。』です。

ところで、私もW（ワールド）カップをみています。このまえの日本対トルコ戦は、会社のスタッフもみんなうちに来て一緒にTVをみて応援していたのに、途中で町中が停電になり、一同呆《ぼう》然《ぜん》としたまま5〜6分が過ぎていった。その後まもなく電気がついたが、日本は負け、また一同呆然としたまま予約していたレストランに行った。それで一同呆然とし続けて食事し、トボトボ帰って行った。パッとしない一日だった。

2002.6.25

Wカップで日本が負けたあと、私はブラジルを応援することにした。ブラジル対イングランドの試合の時、ブラジルのロナウジーニョが不本意なレッドカードを出され、タテ線ひきつり笑いで退場してゆく姿に、私も思わずタテ線ひきつり笑いをしてしまい、それからはもうブラジルから目が離《はな》せなくなった。ベッカム様がどんなにカッコよくてもロナウジーニョのちょっと貧相《ひんそう》なマヌケな笑顔のほうが私的にはポイントが高い。ロナウドやリバウドと、3人まとめて3Rなんて呼ばれているのも『ズッコケ三人組』みたいな気さえして応援せずにはいられなかった。ブラジルが優勝し、わーいわーいと喜ぶ選手達の無邪《むじゃ》気《き》な姿がラテン系の陽気な可愛らしさをかもし出し、見ているこっちまで本当にうれしくなった。

　負けたドイツのカーン選手は、負けた姿もハードボイルドな感じですごくカッコ良かったね。あれはあたしも、けっこうしびれたよ。今回のWカップではいろいろ見どころが多かったけど、私が心に残っているのはセネガルの選手の足の速さね、コレ、笑っちゃうぐらい速くて、セネガル戦の時は実際何度か爆笑したよ、速くて。面白かったなアWカップ。「感動をありがとう」とか言っちゃう人の気持ちがわかるね。また4年後を楽しみにしてるよ。

うちのスタッフのミッちゃん（サッカーファン）

2002. 7. 2

取材で大阪に行った。一泊だけだったのでたくさん見学はできなかったけど、天然温泉の出てるホテル阪神に泊まり、たっぷりエステをしてもらった。友人の、おーなり由《ゆう》子《こ》ちゃんの弟さんがやってるラーメン屋さんにも行ったよ。「まんねん」っていうお店で、ラーメンもギョーザもすごくおいしいの。大阪の人達がみんなすごい親切でやさしくて、おいしい物もたくさんあって感激しっぱなしの旅だったよ。詳しい記事は『富士山』５号に載るからお楽しみに!!

ちなみに、たった一泊だったのにこの旅行で私は体重が増え、今、もとに戻す努力をしている。大阪の人達は、おいしい物があんなにたくさんあるから、体重をコントロールするのが大変かもね。でもうらやましいよ。また大阪行きたい!!

ホテル阪神の
大浴場にて

2002. 7. 11

ミルコが退院をしたので、この前会った。まだ松葉杖《まつばづえ》をついていて、痛々しい姿だった。ミルコが階段から落ちて足首を複雑骨折し、救急車で運ばれるまでの話を詳しくきいたのだが、あまりにも痛い話すぎてここには書けない。入院中も辛く寂《さび》しい日々だったようだ。ミルコは「もう、本当に気をつけて生きようと思いました。骨のケガは二度としたくないですよ。あんなに痛いなんて〰〰」と、骨折の心境をつくづく語っていた。そしてミルコは「『爆笑の会』の旅行、次、どうしましょうか？」と言ったので、私は「足、治ってからにしたほうがいいよ」と言い、次の目的地を決めるのは先に延ばした。『爆笑の会』の旅行で、ミルコの足が痛み出したら笑ってる場合じゃなくなるからね。というわけで、次の『爆笑の会』の旅は、早くても秋以降になると思います。

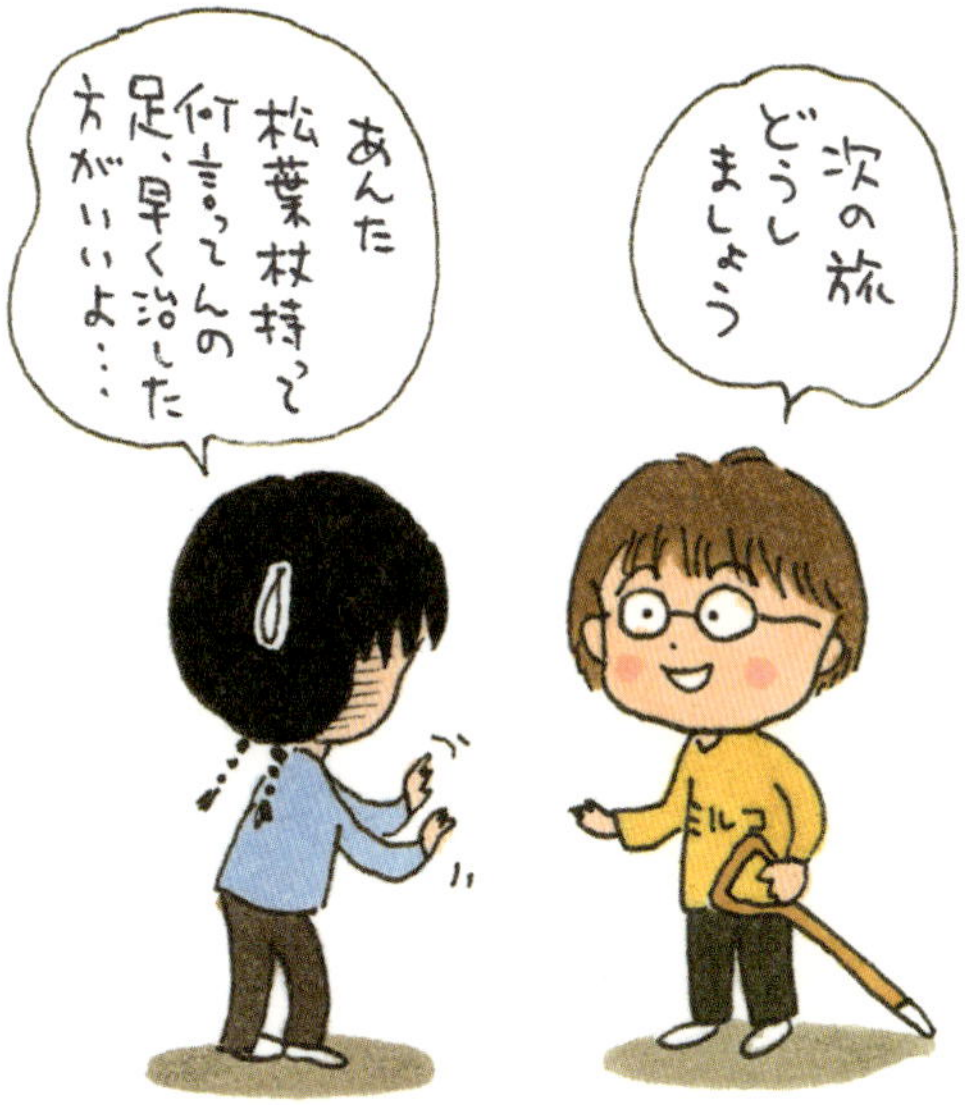
次の旅どうしましょう
あんた松葉杖持って何言ってんの足、早く治した方がいいよ…
ミルコ

2002.7.18

ＮＨＫの素人《しろうと》のど自慢の、地方予選の様子をＢＳで深夜やっているのをたまたま発見し、ちょっと見始めたら面白くて延々と見続けてしまった。とても歌が得意とは思えないような人が、ものすごくドキドキしながら音痴《おんち》に歌ったりする様子はかなりおかしい。20人にひとりぐらいは大爆笑してしまうぐらい笑える。毎回欠かさず見ようとも思わないが、たまに見たいな、と思った。ところで皆さん、任天堂のゲーム『さくらももこのウキウキカーニバル』はもうやって下さいましたか？　それから新潮社《しんちょうしゃ》から出たモー娘。の本『ハコイリ娘。』は読んでいただけたでしょうか？　この夏はぜひ私の本やゲームでお楽しみ下さい。台風も来たりしますから非常食と一緒に娯楽《ごらく》用品も備《そな》えとくといいですよ。

のど自慢予選で『なごり雪』を歌った男3人組。
カーン…
ぎゃはは…
2002.7.23

今、私はものすごく忙しい。でも、息子は夏休みでヒマなので、毎日私の仕事場に来て、『スーパーマリオサンシャイン』をやっている。私も一応やっているのだが、息子のほうが断然うまい。『スーパーマリオサンシャイン』はかなり難しいんだよ。けっこう練習しないとできないと思うんだけど、息子は何回失敗してもこりずにチャレンジしてどんどん進んでいるので、えらいなァと感心してしまう。この根気を、何か他の事に生かせればと思うのだが、今のところゲーム以外にはひとつも活用していないようだ。私は息子に手伝ってもらいながら『スーパーマリオサンシャイン』をやっているので、ものすごく忙しいのに息子がゲームをやりに来るのを待っているという、妙《みょう》な日々だ。

はーっうまいねっよくそんなむずかしいのができるねっゲームの天才かもよっ
そんなに感心しなくていいよ。ゲームだしさ
ピコピコ…
2002. 8.1

ごっちんと圭《けい》ちゃんがモーニング娘。を卒業するというニュースをきいて私もビックリした。『ハコイリ娘。』の取材の時はもちろん、まだ知らなかったよ。でも、モーニング娘。のメンバーとして活躍《かつやく》しているごっちんと圭ちゃんに会えてよかった。ふたりとも卒業してからも元気にがんばってほしい。

さて、『富士山』5号では、みなさんのお便りを募集しております。みなさん、どしどしお便りを下さい。お手紙の送り先は、このiモードのお知らせのコーナーを見て下さいね。なるべくハガキでお願いします。手紙が採用された方には、「富士山特派員バッヂ」をプレゼントしますよ!! しめきりは8月20日の消印《けしいん》有効です。よろしくね!!

ゴマキと圭ちゃんがモー娘。を卒業…だってな。知ってたか?

とっくに知ってるよ
それにしてもおとうさんの口からゴマキとか圭ちゃんてきくとすごく違和感をおぼえるね…

新聞を読みあげてくれるヒロシ。

2002.8.5

今年もまた、息子と旅に出た。今回は、新潟県の六日町《むいかまち》に行った。六日町は『電車でGO！』にもでてくる町なので、息子も私も、ほくほく線の電車に乗りながら「本物のほくほく線だ‼」と言い合って感激した。

温泉旅館に2泊したのだが、天気が悪かったので外出できず、ずっと宿にいた。普段《ふだん》からヒマな息子はますますヒマになり、何もやる事が無いため何回も何回も温泉に入っていた。温泉から出ると必ず「ねえ、『スーパーマリオサンシャイン』の話をしようよ」と言い、同じ話を繰り返し語り合った。六日町の温泉は湯質《とうしつ》も良いし、食べ物もおいしかったので、天気が悪かったのが残念だ。

でも、肌もスベスベになり、『スーパーマリオサンシャイン』の話もたっぷり息子と語り合えたのでよかった。家に帰り、さっそく『スーパーマリオサンシャイン』をやっているんだけど、息子と一緒に頭をかかえています。難しいよ〰〰。

スーパーマリオサンシャインの話をしようよ
ちょっと入浴中ぐらいゆっくり静かにしてようよ。出てからいっぱい話そうね・・・
2002.8.15

息子が「おじいちゃんが、明石家《あかしや》さんまのマネをするんだよ」と言うので、私は驚《おどろ》き、それはぜひ見たいと思ってヒロシに「やってやって」と息子と一緒に頼んだ。

私まで頼んでいる姿を見た母が「そんなくだらないモノ見たってしょうがないのに、ももこもバカだね」と言ったが、くだらないからこそ見たいのだ。

頼まれたヒロシは入れ歯を出っ歯にして、「さんまだぞ」と首を前後に振《ふ》っていた。息子も私も「くっだらねー」と叫んでゲラゲラ笑ったが、2分後に息子が「……もう別に面白くないな。つまんないよ」と言ったので、まださんまのマネをしていたヒロシは軽くダメージを受けた。

さんまだぞォ
どうだ どうだ
似てねーっ
くっだらないっ
わはは ナナ
わはは ナナ
2002. 8.28

秋

この前取材でチベットに行ってきた。ものすごく大変だった。サバイバル・スクール以来の辛い旅だったといえる。どんなに辛かったかは、10月末に発売の『富士山』5号に詳しくレポートを書くのでそれを読んでほしい。

チベットから戻ってきたら、疲労《ひろう》で体調を崩し、熱が出て3日間ぐらい何もしないでボンヤリ過ごしてしまった。でも、家でボンヤリ楽に過ごすのってやっぱりいいよね。もうしばらくゆっくり休んでいたいけど、仕事がたまってるから、ちょっとがんばらないとね。私もがんばるので、皆さんもがんばって下さい。iモードへの質問コーナーにも、たくさんメールありがとう。全員の質問に答えたいんだけど、とても全部に答えきれなくてごめんね。いつかはあなたのメールにも答えることがあるかもしれないので、質問を思いついたらメールを送ってみて下さい。ではまた!!

…チベットに行く前からイヤな予感がしてたんだ…。
ま、予感的中ってかんじだったよ。トホホホホ…
2002. 9. 11

息子がヒロシにむかって、「おい、おじいちゃんのくせに、なんで『わしは』とか『なんとかじゃ』とか言わないんだよ。おじいちゃんならおじいさんらしく、まる子のおじいちゃんみたくそういうふうに喋れよ」と年寄りらしさを求めていた。

するとヒロシは本当に「そうじゃのう、これからそうするよ、わしも」等と年寄り言葉を使い出したので私は大笑いした。しかし、考えてみると、「じゃのう」とか「なんとかじゃ」なんて、私が子供の頃から実際に使っている年寄りは身近にいなかった。『まんが日本昔ばなし』にでてくる年寄りぐらいしかそんな言葉喋ってなかったよなァと思う。それなのに、自分のマンガにでてくる友蔵には、「じゃのう」とか「なんとかじゃよ」なんて言わせているのは、〝私自身の年寄りに対するイメージ〟が先行しているせいなのだ。友蔵は、私の理想のおじいちゃん像なので、年寄りらしさを強調しているのである。だからって、ヒロシにそれを求めなくてもいいとは思う。

おう おりこうじゃのう
おじいちゃん びっくりしたじゃのう
わざとらしいぞ
2002.9.19

『りぼん』の12月号に掲載《けいさい》予定の『ちびまる子ちゃん』を描いていたのだが、腰がものすごく痛くなってしまった。久しぶりに長時間座《すわ》りっぱなしで漫画を描いていたせいだと思うが、それにしても痛すぎる。ちょっと動いただけでもズッキーンと痛むし、寝ても痛くて眠れない。だからって起き上がっても痛いし座っても痛い。あたしゃもう半ベソだったよ。ヘルニアになったかもと思って、もしこのまま2〜3日治らなかったら病院に行こうと思い、様子を見る事にした。

息子の小学校の父母会にも行けず、家の中でヨロヨロしながら何の役にも立たずに2〜3日過ごしていたら、だいぶ良くなった。でも、油断してまたあんなに痛くなったらイヤだから、すごく気をつけようと思う。どのようにして気をつけるかと言えば、あまりいっぺんに仕事をしないようにスケジュールをもっとゆるくたてる事とかね。みなさんも、ムリしないで体を大事にして下さい。

ホントにもう
作家人生終わりかと
思うほど痛かったよ。
ズッキーン
あたたっ
治って
よかった…。
2002.9.26

台風が来るというので、心配して
ずっとテレビのニュースをみたり、
窓の外の様子をみたりしていたが、
いよいよ台風が上陸したとたんに眠
くなり、まだ夕方7時すぎだったの
にぐっすり眠ってしまった。
そのまままずいぶん眠り続け、目が
覚めた時にはすっかり晴れていた。
もしもニュースを見ていなかったら、
私は台風が来た事を少しも知らずに
過ごしていたかもしれない。それも
バカな話だよね。よかったよ、ニュ
ース見てて。

あれ？台風は……？
来た気配がないけど…
チュン
チュン
2002.10.4

今、息子と一緒にゲームキューブの『スターフォックスアドベンチャー』をやっている。やっと最後のほうまで進んだのだが、ナゾを解《と》くのにけっこう悩んだりして時間がかかっている。息子は非常に簡単なナゾでも漢字が読めなくて悩んだりするのだが、アクションやシューティングの場面では私よりはるかに腕が良く、お互いに協力しないと先に進めない。親子の絆《きずな》を深めるにはもってこいのゲームだ。

やったァ
やったねっ
ゲームの難所をひとつクリアするごとに抱き合ってよろこぶ親子
2002.10.8

突然ノーベル賞を受賞した田中耕一《たなかこういち》さんの様子は本当にイイよね。あたしゃもう、田中さんのインタビューの一言一句《いちごんいっく》に大爆笑しながらテレビをみてたよ。田中さんの奥さんや親せきの人達や会社の人達のビックリぶりにも目が離せなかったね。普通に生活していた人が、急にノーベル賞ですって言われた時の様子なんて、めったに見られるもんじゃないから、すごく楽しかった。作業着姿でうろたえつつインタビューに答える田中さんに、思わず抱きつきたくなるぐらい好感を持った人もいっぱいいいたと思う。

将来、田中さんがお札に印刷されてほしいな。作業着姿で。田中さんのあの髪型も、田中さんらしくてすごくいいよね。田中さんていう名字まで、田中さんらしい気がするよ。田中さん万歳《ばんざい》!!

田中さんにヤキモチをやく息子
なんだよ、みんな田中さん田中さんて
オレのこともほめてくれよ
ノーベル賞とったらほめるよ
2002. 10. 11

息子と一緒に洋服屋に行ったのだが、さんざん選んで店員さんにアメまでもらい、支払いの時になってカードを忘れた事に気がついた。チャラランていう感じだった。

「……また明日とりに来ます。すいません」と言って店を出た。トホホと思いながらしばらく歩いたところで、店に忘れ物をした事に気づき、また戻って「……すいません、忘れ物しました」と言って忘れ物を受け取った。

そういえば、今日の私の星座の占いは全体運がいまいちパッとしない感じだったよなァ……と今朝《けさ》見たテレビの占いをボンヤリ思い出していた。アレ、ちょっとは当たるのかもね。

またあのお店に行くの？明日にすれば？
うん…
でも行かないと…忘れた物が食品だからさ…
2002．10．15

バリ島で大爆発があったというニュースはとてもショックだった。今年の3月にバリ島に行き、すごく楽しかったのにこんなことになるなんて……。『富士山』5号にも、バリ島のことを特集して書いたし、年内にもう一度行こうかと思っていたのに、本当に悲しい。

みんなが安心してどこにでも行けるように平和な世の中になればいいなと心から願います。本来、みんなが安心してどこにでも行ける事なんて、願うような事じゃないぐらい当たり前な事なのにねぇ……。

ハー…
ショック…
2002. 10. 18

私は加島屋《かしまや》のサケ・タラコ・イクラ等のビン詰《づめ》が大好きで、先日たくさん取り寄せた。冷蔵庫を開けるとズラリとサケやタラコのビンが見え、胸がときめく。早速御飯をたいてサケとイクラとタラコをミックスして食べたのだが、予想通り御飯をおかわりした。2杯食べてもまだまだ食べたいと思ったが、やたらと食べるのも自制心の欠如《けつじょ》を露骨《ろこつ》に感じると思い、踏《ふ》みとどまった。だが、自制しなかったら結局何杯ぐらい食べてしまうのだろうか。加島屋のビン詰は、1杯や2杯じゃ食べた気がしないほどおいしいのだ。10杯はいけるんじゃないかと思うのだが……どうしよう、試してみようかな。

おいし〜♡
オレにもちょうだいっ
↑加島屋のさけ・いくら・たらこをミックスして刻みのりを加えて食べる。
2002.10.22

昨日、自宅に戻ると母が「おとうさんが、自転車で転んで、顔がはれてるんだよ」と言ったので、私と息子は驚いた。母の話によれば、ヒロシはスーパーに買い物に行く途中で自転車で転び、顔面を打ったのにそのままスーパーに行き、戻って来た時には顔がはれて入れ歯も口の中から取り出せない状態だったという。母は「……転んだらすぐ帰ってくりゃいいのにさ、顔がはれたまんまスーパーに行くなんて、見かけた人達もイヤな気持ちになっただろうねぇ、まったく」とつぶやいた。私としては、入れ歯が取れなくなったというところで笑いそうになったが、一応ヒロシにとっては気の毒な災難《さいなん》なのでどうにかこらえた。息子は顔がはれたヒロシに恐れおののき、「……オレは、おじいちゃんはかわいそうだけど、こわいよ。見れないよぅ」と言ってヒロシの部屋に行こうとしなかった。家族に大きな波紋《はもん》を投げかけたヒロシは、今日歯医者にみてもらったのだが……。（続く）

2002.10.28

（続き）いつも行っている歯医者さんにみてもらったヒロシは、レントゲンまで撮《と》ってもらったのだが、念のために大学病院に行くことになった。それで昼すぎに大学病院へ向かった。

ところが、夕方6時半になってもヒロシは帰って来なかったので、母は心配になり家の外でヒロシが来るのを待っていた。

私は母に「外で待ってても家の中でも同じだから、中に入ってた方がいいよ」と言って母を家の中に戻したのだが、母は心配し続けていた。ヒロシが自転車で転んで入れ歯が取れなくなった事が、母にこんなに深刻《しんこく》な心配をもたらすなんて……と思っていたところ、やっとヒロシが帰ってきた。母はヒロシに「一体何でこんなに遅くなったの!?」と尋ねたがヒロシは「ただ遅くなっただけだ」と、ヒロシ的模範《もはん》回答をし、入れ歯騒動《そうどう》は終わった。

2002. 11. 1

あとがき

今回、『ももこの21世紀日記』のよりぬき版を出版させて頂く事になり、久しぶりに読み返してなつかしさがこみあげてきました。

今年、息子も高校生になり、私より背も高くなってしまいました。でもまだ可愛《かわい》いんですが、この日記を書いていた頃は五〜八才ぐらいでホントに小さくて可愛らしかったなぁ……といろんな場面を思い出し、つないでいた手の温《ぬく》もりが蘇《よみがえ》りました。

私は個人的には日記を書いていないので、こうして週間ですがサイトで日記を書いていてよかったなと思います。書いていなければ、忘れてしまった事も多くあり、忘れてしまった事は別にそれでもいいやと思っていたのですが、十年近く経《た》った今、思い出してみるのもいいなァとしみじみ感じました。

息子はここ十年でずいぶん変わりましたが、私は10年以上前からずっと毎日ほとんど変わらない事をくり返しています。

しかし、変わらない事のくり返しに見える日々でも少しずつ違う事が起こり、その都度考え、喜んだり悩んだりして成長していると思います。ありふれた日常が、退屈でないと感じられる事の幸せに感謝しながら生きています。

この十年で、日本も世界もずいぶん変化しました。そしてまだまだ変化し続けています。すばらしい事も恐ろしい事もごちゃ混ぜに進行しています。私自身も皆さんも、この世界の恐ろしい側面に巻き込まれませんように……と祈るばかりです。すばらしい事ばかりの世界になりますように……とも祈りつつ。

さくらももこ

さくらプロダクションのPC公式WEBサイトがオープンしました！！

〈URL〉

https://www.sakuraproduction.jp/

〈サイトの内容〉

・私の作品の最新情報など

・ももこのWEBコラム（近況とかいろいろです）

・オリジナルグッズ（コジコジ、神のちからっ子など）販売

さくらプロダクションで制作した、ももこの書きおろし本とか、

Tシャツ、リトグラフ、複製画、イヤープレートなど。

. スタッフ通信

スタッフのミッちゃんがももこにインタビュー、

「ミッちゃんがきく」も好評連載中！

携帯サイトのアクセス方法です

ドコモ、au、SoftBank の携帯電話で
下の QR コードを読み取ってアクセスしてください。

サイトの内容

・ももこの近況がタイムリーで読めるよ！！

・たのしい待ち受け画面や遊びやお知らせ等を見る事ができます。

・プレゼント企画や、オリジナルグッズ販売などもあるよ。

・みなさんの面白い事や変わった出来事を紹介するコーナーもあるよ。

（注）現在はサイトにアクセスできません。
お楽しみいただいた皆様、ありがとうございます。

集英社文庫

さくらももこの本

まるむし帳

生きていることの不思議、遠い昔の思い出たち…。くるりと小さく丸まって、にこにこ笑いながら書かれた、やわらかな言葉とあたたかな絵のハーモニー。巻末には、詩人・谷川俊太郎氏との対談を収録。

集英社文庫　目録（日本文学）

さくらももこ　まるむし帳
さくらももこ　あのころ
さくらももこ　まる子だった
さくらももこ　ももこの話
さくらももこ　さくら日和
さくらももこ　ももこのよりぬき絵日記①〜④
さくらももこ　ひとりずもう
さくらももこ　おんぶにだっこ
さくらももこ　焼きそばうえだ
さくらももこ　ももこの世界あっちこっちめぐり
さくらももこ　のほほん絵日記
さくらももこ　ももこのまんねん日記
桜井　進　夢中になる！江戸の数学
櫻井よしこ　世の中意外に科学的
桜木紫乃　ホテルローヤル
桜木紫乃　裸の華
桜木紫乃　家族じまい
桜沢エリカ　女を磨く大人の恋愛ゼミナール
桜庭一樹　ばらばら死体の夜
桜庭一樹　ファミリーポートレイト
桜庭一樹　じごくゆきっつ
佐々涼子　エンジェルフライト　国際霊柩送還士
佐々涼子　エンド・オブ・ライフ
佐々木譲　犬どもの栄光
佐々木譲　五稜郭残党伝
佐々木譲　雪よ　荒野よ
佐々木譲　総督と呼ばれた男(上)(下)
佐々木譲　冒険者カストロ
佐々木譲　帰らざる荒野
佐々木譲　仮借なき明日
佐々木譲　夜を急ぐ者よ
佐々木譲　回廊封鎖
佐々木譲　抵抗都市
佐藤愛子　淑女失格　私の履歴書
佐藤愛子　憤怒のぬかるみ
佐藤愛子　死ぬための生き方
佐藤愛子　結構なファミリー
佐藤愛子　風の行方(上)(下)
佐藤愛子　こたつの人　自讃ユーモア短篇集一
佐藤愛子　大黒柱の孤独　自讃ユーモア短篇集二
佐藤愛子　不運は面白い　幸福は退屈だ　人間についての断章326
佐藤愛子　老残のたしなみ　日々是上機嫌
佐藤愛子　不敵雑記　たしなみなし
佐藤愛子　自讃ユーモアエッセイ集　これが佐藤愛子だ1〜8
佐藤愛子　日本人の一大事
佐藤愛子　花は六十
佐藤愛子　幸福の絵
佐藤賢一　ジャガーになった男

集英社文庫

ももこのよりぬき絵日記《えにっき》 ①

2010年7月25日　第1刷
2024年9月11日　第8刷

定価はカバーに表示してあります。

著　者　さくらももこ

発行者　樋口尚也

発行所　株式会社 集英社
東京都千代田区一ツ橋2-5-10　〒101-8050
電話　【編集部】03-3230-6095
【読者係】03-3230-6080
【販売部】03-3230-6393(書店専用)

印　刷　TOPPANクロレ株式会社

製　本　TOPPANクロレ株式会社

フォーマットデザイン　アリヤマデザインストア　　マークデザイン　居山浩二

ISBN978-4-08-746590-7 C0195